花の下　ふたたびの愛

火崎 勇

white heart

講談社X文庫

目次

イラストレーション／篁ふみ

花の下　ふたたびの愛

水晶の城。

我が国の王城がそう呼ばれるのは、一番高い尖塔《せんとう》に多くガラスが使われ、朝日が差し込むときらきらと輝くからだ、と教えられていた。

ガラスを作るのは大変で高価だった時代、我が国は他国よりも頑強にガラスを作る技術と材料をふんだんに持ち、それを内外に誇示するために造ったのだ、と。

それを教えてくれた人は、いつか私にもそれを見せてあげたいと言っていた。

けれど今、馬車から降りて尖塔を見上げているのは私一人。

時刻も夕暮れ。

「言われたほど美しくはないわ」

太陽の光を反射して、尖塔は輝いていたが、私はそう呟《つぶや》いて視線を外した。

本当は美しいと思ったけれど、それを認めるのは何だかシャクだった。

「ティアーナ、行くよ」

今日の私のエスコート役であるお兄様に呼ばれて、私は視線を戻した。

「緊張しているかい？」

優しくエルカードお兄様が声をかけてくださる。

「お前はこういう席から遠ざけられていたからね」

「遠ざけられていたなんて、お姉様のためですわ」

「うむ。だがそのミルフィも婚約が整った。次はお前の番だぞ。是非《ぜひ》王のハートを射止めて欲しいものだな」

「まあ、そんな」

「いやいや、金の巻き毛にサファイアの瞳《ひとみ》にアラバスターの肌。我が妹ながらお前は美しい」

「まあお口の上手《うま》い」

「本当さ。お前をエスコートできて鼻が高い」

さあこちらへ、というようにお兄様が肘《ひじ》を差しだす。

私はその腕にそっと手を乗せた。

次々と入ってくる馬車。

降りてくるきらびやかな人々。

傾く陽《ひ》の中に聳《そび》える王城。

揃《そろ》いの制服を着て人々を案内する侍従たち。

これが宮廷。

これが社交界。

そして……。

ここに『彼』がいるのだわ。

すべてが嘘《うそ》だったのか、それとも何かの事情があったのか。

ここですべてがはっきりするはずよ。

初めての王城でのパーティだと浮かれている気分ではなかった。

「グレンディン侯爵家エルカード様、並びにお妹様ティアーナ様ご到着」

私はここで『彼』に会い、真実を知るためにきたのだから。


私の家、グレンディン侯爵家は、国内でもかなり地位の高い家だった。

代々大臣を多く輩出し、現在お父様は政務官筆頭。つまり陛下を除いて国の偉い人の五指に入る方だ。

私はそのグレンディン侯爵家の次女、四人兄妹《きょうだい》の末っ子として生まれた。

領地の屋敷《やしき》で、生まれた時から何不自由のない生活。

兄妹仲もとてもよかった。

一番上のエルカードお兄様は跡取りとして、途中から王都の屋敷でお暮らしだったので、あまり遊んでいただいた思い出はないけれど、会えばいつも優しくしてくださった。

二番目のお兄様のカインお兄様も、お母様の縁戚《えんせき》の爵位を継がれることになり、そちらの領地へ頻繁にでかけられることが多くなった。

そういうわけで、歳《とし》の離れたお兄様お二人は、優しく接してくださったけれど、あまり一緒に過ごす時間はなかった。

その分、お会いするととても甘やかしてくださったけれど。

屋敷に残されたのはミルフィお姉様と私。

当然のように、私たちは睦《むつ》まじく日々を送っていた。

優しくて、か細くて、美しいお姉様は、私の自慢でもあった。

ところが、ミルフィお姉様が年頃になると、少し事情が変わってしまった。

お姉様は生まれた時から少しお身体《からだ》が弱かったのだけれど、ある年の冬、例年より厳しい寒さに見舞われると床につくようになってしまったのだ。

そろそろ縁談を考えようという時だったので、侯爵家としては大慌て。

お医者様に診ていただいたところ、大きな病ではないけれど、いかんせん身体はお弱い。まずは身体を丈夫にするために転地療養をお薦めする、ということになった。

たった一人で領地を離れるお姉様がお可哀想《かわいそう》で、私は自らそれに付いてゆくことを選んだ。

私はまだ縁談を考えるには早い歳だったので。

そうして私たち姉妹が向かったのは、有名なルア湖のほとりの保養地だった。

ここは高位貴族の方々の別荘が並び風光明媚《めいび》で治安もいい。

王室管理の巨大な公園もあり、近くの街には自警団が常駐していて、『女性が一人で歩いても安全な街』というのが謳《うた》い文句《もんく》だった。

グレンディン家の別荘は、王立公園の隣に位置し、広大な敷地《しきち》に美しい庭と白亜の建物が素敵なところだった。

「あなたまでこんなところに連れてきてしまって……」

とミルフィお姉様はすまなそうにしたけれど、私は笑った。

「まあ、そんなことはありませんわ。むしろ私は喜んでるくらいです」

「喜ぶ？」

「ええ。だって領地のお屋敷は古くからの召し使いばかりで、お父様やお母様の目も光っていて、自由にできなかったでしょう？　でもここでは自由にできますもの」

実際、その通りだった。

屋敷では、何をするにも召し使いがお母様にお伺いを立て、年配の者は『お母様はそのようなことはなさいませんでしたよ』と二言目にはお小言。

でもここにはその両方がいないのだ。

もともとこの別荘を管理していた老夫妻は鷹揚《おうよう》で、特にお姉様がお身体を丈夫にするためにきたのだと知ると、どんどん外にでかけられたらよろしいですよ、と言ってくれた。

お陰で、私とお姉様は、屋敷ではしたないと言われていたお庭でランチを楽しむこともできた。

他《ほか》にも、動物には無闇《むやみ》に触ってはいけませんと言われていたのに、別荘で飼っている犬と遊んだり、厩舎《きゅうしゃ》で馬を見たりと楽しく過ごした。

別荘にきたのは秋口だったのだが、やがて冬がくると、寒さでまたお姉様の体調は悪くなってしまった。

こうなると、鷹揚な管理人夫妻も外出を禁じ、私たちは屋敷内で過ごすことにした。

お姉様のことを聞き付けたお兄様たちがお土産を沢山持って訪れてくださったので、退屈はしなかったけれど。

「本にお菓子に可愛《かわい》い子猫。でもお人形はもうそういう歳ではないわね」

お兄様たちはすぐに帰ってしまわれたけれど、後に残ったお土産の山に、お姉様は嬉《うれ》しそうに笑った。

その年の寒さも厳しかったけれど、何度か熱を出しながらもお姉様は大きな病気はならなかった。

年越しも私たちは二人だけで別荘で過ごした。

お父様たちも、お兄様たちも王城での催しや、侯爵家の行わねばならないパーティなどで忙しかったので。

私たちは、王城の話題には疎かった。

外に出られないお姉様を気遣って、皆がその話題を口にしなかったのだ。

お姉様だけが何も知らないのはお可哀想だったので、私も敢《あ》えて何かを知りたいと言いだすことはなかった。

姉妹二人だけ、ゆったりとした別荘での生活。

二人でいれば、それは楽しいものだった。

夏にはお姉様と一緒に公園に行ったり、湖でボートに乗ったりもした。

やがてまた秋がきて、一年が過ぎ、またも迎えた年末。

年越しのお土産を沢山持ってやってきたのは、お兄様たちではなく、カインお兄様のご友人であるルクセス伯爵子息、ジオルグ様とその妹さんのセリーナ様だった。

「カインは落馬で足を怪我《けが》しましてね。けれど妹が心配でルア湖へ行かなければならないと言うものだから、私が代役を買って出たのですよ。丁度妹にルア湖の保養地へ連れていけとせがまれていたものですから」

ジオルグ様は、穏やかで、とても優しい方だった。

茶色の髪に緑の瞳、背の高い素敵な殿方でもあった。

「押しかけるようにきてしまってごめんなさいね。でも歳も近いようですし、よろしかったらお友達になりましょう」

妹のセリーナ様も、茶色い巻き毛で緑の瞳の美しい、明るく優しい方だった。

お二人はしばらく別荘に滞在し、ジオルグ様は年越し前にお帰りになったけれど、セリーナ様は一緒に年を越した。

セリーナ様は活発な方だった。明るくて、饒舌《じょうぜつ》で、私たちよりも少し年上だけれど、偉ぶったりすることもない。

姉妹二人だけの生活に吹き込んだ、新しい風のようで、私たち三人はとても仲良しになった。

年が明けてすぐに帰られたけれど、また訪れる約束もしてくれた。

春になり、暖かくなると、お二人はまた揃って訪れた。

夏にはカインお兄様と三人で。

そして秋にいらした時には、セリーナ様から近くに小さな別荘を買ったことを知らされた。

セリーナ様は、私だけにこう教えてくれた。

「私、婚約しているの」

「まあ、おめでとうございます」

「それで、そのお式が近くなったので、あまりこちらへはこられなくなってしまったのよ。私が一緒じゃないと、お兄様はこちらに宿泊することはできないでしょう？　だから別荘を買われたのよ」

「それはどういう……？」

「別荘を買ってまで、ミルフィ様にお会いしたかったみたい」

「まあ」

そう。

ジオルグ様は、お姉様に恋をしたのだ。

そしてお姉様も、まんざらではないご様子だった。

侯爵家の娘と伯爵家の跡取りならば、理想的な婚姻だと思う。

けれど話はそう簡単にはいかなかった。

お姉様のお身体が弱かったから。

跡取り息子の妻となる女性には、当然跡取りを産んでもらわなくてはならない。いくら我が家の家柄がよかろうと、病弱な嫁は歓迎しない、というのがジオルグ様からそれとなく話をされたルクセス伯爵家の意向だった。

セリーナ様は賛成してくださったけれど、もうすぐお嫁に行って、家を離れてしまう。

なので、お二人の恋は順風満帆というわけにはいかなかった。

それでも、お姉様は少しずつお元気になっていたし、別荘の者たちは私も含めこの恋を祝福していた。

年を越えて新しい春がやってくる頃には、お二人は恋人になり、ジオルグ様は頻繁に別荘にやってくるようになっていた。

「必ず両親を説得して迎えにくる。それまで待っていて欲しい」

「私も頑張ってもっと元気になりますわ」

お二人が仲睦まじくなることはよいことなのだけれど、そうなると私はだんだんと居場所がなくなってきてしまった。

なので、ジオルグ様がいらっしゃる時は、一人で隣の王立公園にでかけることにした。

王立公園は入り口に門番がいて、身分のきちんとした者しか入れないので、私が一人ででかけても誰も文句は言わない。

ただ日が暮れる前までには戻ってくることが絶対の約束だったけれど。

私はそこで、誰もこない秘密の場所を見つけて、日が暮れるまで本を読んでいた。

きちんと手入れのされた庭園から少し外れた、サンザシの木に囲まれた小さなベンチだ。

お姉様の恋は、応援していた。

貴族の結婚は親が決めるもので、時には望まない相手と妻合《めあ》わせられることもある。けれどお二人は愛しあっている。

伯爵であっても、ジオルグ様はカインお兄様の友人だし、我が家にとっても心象は悪くない。だからお二人がこのまま愛を育《はぐく》まれることを願っていた。

けれど……。

その日はとてもよいお天気だった。

サンザシの白い花は盛りで、空にはヒバリが鳴いていた。

わずかな風は心地よく、よく晴れていた。

こんな素敵な日に、どうして私は一人なのだろう。

蝶々《ちょうちょう》が舞っているのが可愛いと思っても、それを伝える相手もいない。

ふいに襲ってきた寂しさに、私は泣いてしまった。

お姉様とずっと一緒に過ごしてきたから、お姉様が結婚してしまったら、私一人でどうしたらいいのかわからない。

領地に戻っても、お父様もお母様も、お兄様たちも忙しく、私の相手などしてくださらないだろう。

いいえ、戻ってからのことを考えなくても、今この瞬間が寂しい。

そう感じたら、子供みたいに涙が溢《あふ》れてしまったのだ。

その時、ガサリと茂みの揺れる音がし、少し先の木々の間から一人の殿方が姿を現した。

明るい金色の髪の男性は、誰もいないと思って入ってきたのだろう、私を見ると驚いた表情を浮かべた。

そしてなぜか慌てて私に近づいてこようとし……、私の目の前で転んでしまった。

「まあ……！」

私は慌てて彼に駆け寄り、手を貸した。

相手は殿方だったけれど、その手には杖《つえ》が握られていたので。怪我人ならば手を貸してあげなければ、と。

「大丈夫ですか？」

その肩に手を置き恐る恐る声をかけると、彼は顔を上げてふっと笑った。

印象的な深い青の瞳がきらきらと光る。

「みっともないところを見せてしまったな。それは私が訊《き》こうと思っていたことだよ」

彼は私の手を借りず、杖を支えに身体を起こし、地面に座った。

「私に？」

手が伸びて、私の頬《ほお》に零《こぼ》れた涙をすくう。

その仕草で、私は自分が泣いていたことを思いだした。

だって、目の前で男性が転んだことにびっくりしてしまったのだもの。自分のことを忘れても仕方がないわ。

「花の精が泣いているのかと思った。君は人間かい？」

「人間ですわ」

「ではこれを使いたまえ」

彼はポケットからハンカチをとりだし、私に差しだした。

「あ……、ありがとうございます」

私がハンカチを受けとって頬を拭《ぬぐ》うと、彼はゆっくりと立ち上がった。

「よろしければ、ベンチに座りませんか？　二人して地面に座っているのもおかしいし」

「え、ふ、はい」

慌てて私も立ち上がり、先にベンチへ向かうとその上を払った。

「どうぞ」

「これは返す返すも、紳士の役割をレディにさせてしまって、申し訳ない」

私がベンチの端に座ると、彼は少し間を置いて腰を下ろした。無闇に近寄ってくるような不埒《ふらち》な方ではないようで、少しほっとした。

そうよね、この公園に入れたのだもの、ちゃんとしたお家の方に違いないわ。

彼は服に付いた泥を軽く払い、こちらに向かって微笑《ほほえ》みかけてきた。

……素敵な方。

優しげな眼差《まなざ》しは深い青。日の光を受けて明るく輝いている。

整っているのにどこか憂いを含んでいるように見えるのは、伏し目がちにしているから

だろう。でもそれも雰囲気があって素敵。

「こんにちは」

「……こんにちは」

声をかけられて緊張する。

「最初見た時、この花の精かと思ったよ」

と、傍らのサンザシに目を向ける。

「消えてしまわないうちに声をかけなければと思って焦ったら、転んでしまった」

とまた爽《さわ》やかに笑う。

「なぜ泣いていたの？」

「え？　その……別に理由は……」

問われて、恥ずかしさに頬が熱くなる。

「理由なく泣いていたの？」

「……言うほどのことではないんです」

「でも気になるな。よかったら私に話してみないかい？　人に言うとすっきりするかもしれないよ」

「でも、本当につまらない理由なんです。……ちょっと寂しいと思って」

「寂しい？」

私は頷《うなず》いた。

「今日は天気がいいでしょう？　サンザシもとても綺麗《きれい》に咲いているし。なのに、それが素敵ね、という相手がいないのですもの。……つまらない理由でしょう？」

「そんなことはない」

何だそんなことか、と笑われるかと思ったのに、彼は真顔で否定してくれた。

「美しいものや楽しいものを誰かと共有したいと思うのは当然だ。自分の感情を誰とも共有できないことはとても寂しいと思うよ」

その時の彼の表情がどこか悲しげだったので、思わず訊いてしまった。

「あなたも……、寂しいの？」

彼は一瞬しまったという顔をしたけれど、すぐに頷いた。

「そうだね。君は何も知らない人だから正直に言うけれど、寂しいと思っていた。それで気分転換に散歩していたんだ。君と一緒だね」

「私の寂しさは、お姉様に恋人ができたからなの。恋愛は祝福するけれど、一緒に遊んでいただけなくなったことが寂しくて。……子供みたいでしょう？」

彼の憂いを帯びた視線の奥には、何か深刻な理由があるような気がして、『君と一緒』と言われると恥ずかしくなってしまい、自分から白状した。

けれど彼はそれも優しく受け止めてくれた。

「やっぱり一緒だ。私は落馬で怪我をしてね」

彼は自分の膝《ひざ》を軽く叩《たた》いた。

「兄弟から離れて静養させられてるのが寂しいんだ」

「落馬なさったの？」

「うんまあね。でもそのことにはあまり触れないで、恥ずかしいからね」

唇に手を当て、シッという仕草をする。

男の方にとっては、そういうものなのだろう。

「ごめんなさい」

「謝るほどのことではないよ。それより、お姉さんとは仲がよかったんだね？」

「ええ、とても。ずっと一緒だったの」

彼の訊いて欲しくないことを訊いてしまった、という罪悪感もあって、早く話題を変えようと、私は自分のことを口にした。

お姉様が身体が弱かったこと、だからこちらにきているのだということ。でもそのお姉様に恋人ができたこと。

もちろん、自分の家のことは口にしなかった。

『侯爵家の娘』という身分は、人々の思惑や様々な問題を引き起こすことにもなるから、無闇矢鱈《むやみやたら》に人に知らせるものではない。特に公式の席ではない時には。

小さい頃からそう厳しく教えられていた。

彼も、私の家のことを訊かなかった。自分のことも話さなかったけれど。

でもそれで、彼が貴族の『わきまえ』を知っている人なのだというのが、わかった。

非公式の場では、あまり身分を明かさない方がいいのだ。問題がどうこうというだけでなく、爵位は人と人との間に線を引いてしまうから。

男の人は身分を気にする。彼に侯爵以上の爵位がなければ、きっとこうしてベンチに並んで座っているのも恐縮してしまうだろう。

お互いが身分を明かさないからこそ、和やかに話せるのだと思う。

「寂しいのなら、お姉さんと恋人と、三人で過ごしたいと言ってみたら？」

「まあ、そんなことはできませんわ。お相手の方は短い間しか滞在できないのですもの。二人の邪魔をするなんて」

「でも、貴族の令嬢が結婚前に男性と二人きりになるのはいけないのでは？」

「ええ。ですから、私も一緒にいることにして、庭からこっそり抜けだすんです」

「使用人がお茶を届けにきたりしないのかい？　その時に君がいないと怪しまれるんじゃ」

「お茶は最初に持ってきてもらっているし、館《やかた》の者は皆、二人のお付きあいには賛成だから、大丈夫だと思います」

「ということは、問題は相手の家だけ、か。君の両親はこのことを？」

「……まだ知らせてませんわ。でもお兄様はご存じだから」

私、こんなことまで話していいのかしら？

でもこの方はとても話し易《やす》くて、ついつい口が軽くなってしまう。

きっと、彼が私の話を真剣に聞いてくれているからね。

「やっぱり、身体が弱いと反対されるものなのかしら？　愛しあっていても」

彼は、うーん、と考えてから言葉を選んで答えてくれた。

「家にとっては、沢山子供を産んでくれる丈夫な女性がよいだろう。結婚は家の結び付きだ。けれど個人にとってならば、それは関係のない話だ。相手を愛していて、一生一緒にいたい相手だと思うのなら、家柄も健康も容姿も関係ないだろう。だが相手の男性が長子で跡取りなら、家をないがしろにすることはできない」

「ではだめということですの？」

「そうじゃない。後はその男性の頑張り、ということだ。彼女を愛しているなら、あらゆるものと戦う勇気が必要だ」

戦う……。

ジオルグ様にできるかしら？

「それと君のお姉さんにもできることがある」

「まあ、何ですの？」

「元気になることだ」

　その返事には少しがっかりした。

「それならしてますわ。少しお元気になられたのよ。いえ、随分お元気になられたと思うわ」

「だが、相手の家には、先に病弱だということが伝わっている。それを払拭《ふっしょく》するのは難しいだろうね」

　彼の言う通りだわ。

　ジオルグ様はお兄様のお友達、ルクセス伯爵家では息子の友人の妹が病弱だという話は聞き及んでいるだろう。

　あの、大病した冬のことも知っているかもしれない。

　だから、侯爵家の娘であるお姉様との縁組みであっても反対するのだろう。そして今となっては会ってはくれまい。会えば、認めることになってしまうから。

　私は俯《うつむ》いてため息をついた。

「君は……、お姉さんを恋人にとられてしまったのに、本気で結婚を願うんだね。お姉さんが結婚してしまったら、その寂しさはもっと強くなるかもしれないのに」

「まあ、そんなこと。私の寂しさなどより、お姉様の幸せの方が優先されるに決まっているじゃありませんか」

私が答えると、彼はにっこりと笑った。

「それなら、私がその方法を調べてあげようか?」

「え?」

「君のお姉さんを相手の家に認めさせる方法」

「本当に?」

思わず彼を見返す。

「必ず答えがある、とは言えないけれど、調べることはできる。それでもいいなら」

「もちろんです」

「では、明日もここで会う、と約束してくれる?」

彼の瞳は私を見つめていた。真っすぐに。

その視線の中に含まれるものを、私も瞬時に察した。

彼は、私にもう一度会いたいと言っているのだわ。

それとわかると、自然と顔が熱くなった。

「お……お昼を過ぎてからなら」

「ここで待っていていいかい?」

「本当に調べてくださる?」

「もちろん。嘘はつかない。だから、結果も約束はできないけれどね」

できる、と言わないところに誠実さを感じた。

「わかりました。では明日に」

答えると、私は立ち上がった。

「もう行ってしまうのかい？」

「陽が傾いてきましたもの、帰らないと。……明日出てくることもできなくなりますわ」

「なるほど。では残念だが見送らなくては」

ベンチの上に置いてある本をとろうと手を伸ばすと、先に彼がとって渡してくれた。

「来るまで待っている」

まるでこないかのように言うので、私は強く返した。

「お昼のお食事が終わってからですから、一時か二時過ぎですわ。でも、必ずきます」

もし遅れたとしても絶対にきますからと明言してから、私はスカートの裾《すそ》を摘まんで別れの挨拶《あいさつ》をした。

「それでは、御機嫌よう。また明日」

「また明日」

私はサンザシの茂みを抜け、開けた道へ出ると、真っすぐに出口を目指した。

胸がドキドキする。殿方と約束してしまった。

明日にはまたあの素敵な方と会える。

明日、ジオルグ様がいらっしゃらなかったら、どうやって屋敷を抜けだそう。

いつの間にか速足になりながら、そんなことを考えて。


『公園の君』と出会ったことを、私はお姉様に言わなかった。

言ってしまったら、翌日抜けだすことを止められるのでは、と思ったから。

屋敷に戻っても、妙にそわそわしてしまうので、読みかけの本を最後まで読んでしまいたいからと、すぐに部屋に入ってしまった。

ただ公園でお話をしただけ、悪いことなどしていないわ。

それでも男の人と二人きりでこっそりと会う、ということに後ろめたさはあった。

あの方はちゃんとした方だった。

優しく話してくれて、私の話を真剣に聞いてくれて。

それに、金色の柔らかそうな髪と深い青い瞳。通った鼻筋と、形のよい唇。

お兄様たちも、決して見栄えがしない方々ではない。むしろ、凜々《りり》しくて整ったお顔立ちの、男らしい方だと思う。

けれど『公園の君』はもっと優雅で、まるで王子様のようだった。

自分もいつか誰かと結婚しなければならないのなら、あんな方がいいわ。

……今日会ったばかりの方に、はしたない考えだけれど。

でも、まだ社交界にデビューしていない私にとって、殿方といえばお兄様たちかそのお友達ぐらい。もちろん皆さん素敵だけれど、あの方は特別。

あんなに素敵な方に惹《ひ》かれてしまうのは仕方のないことだわ。

だからどうというわけではないのだから、少し憧《あこが》れを抱くくらいは許されるだろう。

翌日、幸いなことにまたジオルグ様はいらっしゃった。

私が出ていこうとすると、お姉様は申し訳なさそうな視線を向けた。

「素敵な場所を見つけたの。公園に行くのが楽しみなの」

なので心配させないように、そう言い置いてから部屋を出た。

本当にあの方はいらっしゃるかしら？

あの時だけの戯《ざ》れ言《ごと》ではなかったのかしら？

もしあそこへ行っても誰もいなかったら……。

そしたら持ってきた本を読むことにしましょう。

お互い身分も明かさない関係なのだし、約束を破られても怒ったりしてはいけないわ。

この心の中にある、お姉様にも使用人たちにも言うことができなかった『寂しさ』を聞いてもらえただけでよしとしなくては。

公園の入り口の門番に挨拶をして門をくぐる。

整備された庭園ぞいの小道を進み、踏み固められただけの横道へ逸《そ》れる。

あちこち低木の茂みがある中、目印になる一本の背の高い木の陰から奥へ抜けると、白いサンザシの花に囲まれたベンチが一つ。

そこに彼は……、いた。

鳥の形の銀の握りが付いた杖を傍らに置いて、どこか遠くを眺めている横顔。

葉擦れの音がしたから、声をかける前に彼はこちらを見た。

「やあ、きたね」

嬉しそうな笑顔。

本当に待っていてくれた。それだけで胸がまたドキドキする。

「だって、約束しましたもの」

近づくと、彼は立て掛けていた杖をどけて私に座る場所を空けてくれた。

「どうぞ」

「……ありがとうございます」

自分から殿方の隣に座るなんて、礼儀正しくないかもしれないけれど、ここには他に座る場所がないのだから仕方がないわね。

「あの、これ……」

　私は持ってきた、昨日借りた彼のハンカチを差しだした。

「ちゃんと洗ってあります。私が洗ったから、少しゴワゴワしているかもしれないけれど、セッケンは特別なスミレのを使ったのよ」

「君が？　メイドではなく？」

「メイドには渡せませんわ。一目で男の方のものだとわかりますもの」

　ハンカチは飾りのない、イニシャルが刺繍《ししゅう》されただけのもの。しかも女性が持つものより少し大きい。もしメイドに渡していたら、どこの誰のものなのか尋ねられ、答えに窮していただろう。

「では、このハンカチは宝物になってしまったな」

　受けとったハンカチにキスして、彼はそれをポケットにしまった。

　自分がキスされたわけではないのに、何だか妙に恥ずかしい。

「それで……、お姉様のことは何か答えが出まして？」

「ああ、一ついい方法があった。けれどそれを君のお姉さんが実行できるかどうかは、わからないのだが」

「まあ、本当に？　どんな？」

　彼を疑っていたわけではないけれど、そんなに簡単に『いい方法』が見つかるとは思っていなかった。彼自身、昨日は答えがあるかどうかわからない、と言っていたのだし。

「レーネ杯というのは知っているかい？」

「レーネ杯？　いいえ」

「別名、王妃杯とも言うのだが、王都で行われる女性の馬術大会だ」

「馬術……」

「早駆けのレースではなく、障害物の競走なので、女性でも馬の扱いに長《た》けていればいい。もし君のお姉さんが馬に乗れるようになって、それに出場できれば、健康である証《あか》しになるだろう」

「そうなの？」

私がピンとこないという顔で問いかけると、彼はそれについて説明してくれた。

病弱では馬には乗ることは難しい。馬に乗れるということだけでも健康になった証しにはなるだろう。

けれど相手の家がお姉様に会うことを拒んでいるのならば、その姿を見せることは難しい。

狩りに参加して見せる、という方法もあるが、大勢が一斉に動く狩りではお姉様に目を留めていただけるかどうかも確証がない。

けれど競技会に出れば、誰もがそれを見るだろう。

そして相手の家だけでなく、競技会を見ている皆が、お姉様は健康だと認めてくれる。しかもその競技会は王家の主催。参加するだけでも一目置かれる。

「優勝しなくてもいいんだ。こういう言い方は失礼かもしれないが、見劣りさえしなければ充分。しかも、相手の男性に馬術を習うという名目で家に招くこともできるだろう」

そこまでの説明を聞いて、私は大喜びをした。

「凄《すご》いわ。何もかも完璧《かんぺき》だわ」

「君のお姉さんは馬に乗れるくらいには元気？」

「ええ。少しくらいなら。競技会に出るほどの腕前があるかどうかはわからないけれど、それは練習すればいいのですもの。ああ、本当にありがとうございます。これで一筋の光明が射《さ》しましたわ」

謝意を伝えると、彼は少し照れたように視線を外した。

「それほどのことではないよ。私も人に訊いたのだし」

「人に訊いてまで調べてくださったのでしょう？　それに、私だけだったらきっと考えに至りませんでしたわ」

自分の手柄と自慢するわけではなく、褒められて照れてしまうなんて。何て好ましい方なのかしら。

「よいアイデアをいただいたのだから、お礼をしなくてはいけませんわね」

「たいしたことをしたわけではないし、気にしなくてもかまわない……」

言いかけて言葉を切り、彼はこう続けた。

「……もしよければ時々でもいいからこうして私の話し相手になってくれないか？」

「話し相手？」

「うん。屋敷にいると息が詰まるんだ。ここへもそれが嫌で抜けだしてきていたんだ」

「……お家の方と仲が悪いのですか？」

おずおずと尋ねると、彼は笑って否定した。

「そうじゃない。ただその……、落馬してからいろいろと心配されてね。それが鬱陶《うっとう》しいんだ」

なるほど。

でもそれは当然ね。

主《あるじ》が杖をつくほどの大怪我をしたのなら、召し使いたちは二度目がないようにうるさく言うようになるでしょう。

お兄様も、子供の時に木登りで落ちてからは木に登ることを禁じられたと言っていたし。

「屋敷にいるのは気が塞《ふさ》ぐから出てきたのだが、近くに知りあいもいない。かといって知っている人間には落馬のことを知られたくない。だから退屈で暇を持て余していたのだ。だが君は私のことを知らないだろう？」

「ええ。初めてお会いしましたわ」

　私の答えに、彼は満足そうに頷いた。

「たとえ怪我をしていても、私は君よりは屈強な男性だ。怪我人を労《いたわ》ることはするだろうが、必要以上に憐《あわ》れみの目を向けられることはない。私の話し相手として、君は最適なのだよ。だから、よかったら私の話し相手になってくれないか？」

　確か、この方はご家族と離れてこちらにいらしているとのことだったわ。

　一人で過ごすのも寂しいでしょうに、別荘でゆっくりできず召し使いたちの気遣う視線を受けて息が詰まって居場所がないなんて。

　彼は、寂しさに泣いていた私を慰めて、お姉様の問題にも素晴らしい解決策を考えてくれた。それならば彼の寂しさを埋めるために私が尽力するのは当然のことだわ。

「私などでよければ」

「本当に？」

「でも、私はそんなに物知りでもないですし、できることもあまりありません。社交界にもデビューしていないので、お話ししてもあまり楽しくないかもしれませんわ」

「君が知らないというなら、私が教えてもいい。それに、きっと私の知らないことは知っているだろう」

「……期待は薄いですけれど」

「でもまず、君の名前を教えて欲しいな。心の中では『白い花の姫』と呼んでいたのだが、話をするにはそれでは不便だ。本当の名前が名乗れないなら、呼んで欲しい名前を教えてくれ」

「私もあなたのことを『公園の君』と呼んでいたんです。ですから、あなたが名前を教えてくれるなら」

彼は少し間を置いてから、教えてくれた。

「私の名前はシルヴィオだ。だがこの名を誰にも教えないで欲しいし、君も調べたりしないと約束してくれ」

真剣な顔。

きっと何か理由があるのね。

「わかりましたわ。私はティアーナ。でも私のことも調べないと約束してくださいね」

「約束しよう。私たちはここで、何者でもなく、ただのシルヴィオとティアーナだ」

「ええ。家のことも爵位も関係なく、ですわね？」

「そうだ」

さっきまで真剣だった顔がにこっと笑う。

男性は、あまり表情が変わらないものだと思っていたけれど、彼は本当に表情がくるくると変わる。

　感情に素直で正直な方なのだわ。

　それでまた彼に好意が湧《わ》く。

「では、今日は君のお姉さんのことについて、もう少し計画を立てようか。沢山話をすればお互いのことがもっとわかるだろう」

「はい」

　彼の言葉に、私も素直に頷いた。

　その日、陽が傾くまで二人でお姉様の結婚について話しあった。

　話題はただそれだけなのに、彼との会話は弾み、時間が経《た》つのが早くて、別れが惜しまれるほどだった。

　明日も同じ時間に再会の約束をして、別れる。

　屋敷に戻ると、珍しくジオルグ様はまだ残っていらした。

「おかえりなさい」

　お二人の時間を邪魔してしまったのに、お姉様もジオルグ様も笑顔で私を迎えてくれた。

　そのお二人に、シルヴィオのアイデアを、彼のことは隠したまま、提案した。

　お姉様は知らなかったが、ジオルグ様はレーネ杯のことをご存じだった。

「なるほど……。確かにそれはいい案かもしれない」

「ティアーナ、あなたそんな競技会の話をどこで知ったの？」

「あの……、お兄様が以前お話ししてたのを思いだしたの。どんな競技会だかはよく知らないのだけれど、確か障害物のレースだとか、王妃杯とか言っていたわ、と思って」

「ああ、そうだ。レーネ杯は国王御一家がご観覧になる大会だ。そこに参加できれば、ミルフィ殿が健康だという証明になるだろう」

「でも、私にそれができるかしら……？」

不安げなお姉様の手を握り、ジオルグ様は力強く言った。

「私が教えるから、大丈夫だ」

「ええ。そうよ、お姉様。これでジオルグ様がここに通っていても乗馬の先生だと言うことができるわ。でもまずはお父様に馬をねだらないと」

「ここにも馬はいるだろう？」

不思議がるジオルグ様に、私は説明した。

これもシルヴィオのアイデアなのだけれど。

「お姉様がご自分から馬に乗りたいという気持ちをお父様に訴えた方がいいと思うの。そうしたら、競技会に出たいと言いだすことも不自然ではないし、別荘に障害用の馬場も設《しつら》えてくださるわ。そうしたらここで練習ができるでしょう？　ジオルグ様とご一緒の姿を他の人に見られて何か言われることなく練習ができると思うの」

もちろん、これもすべてシルヴィオからの提案だ。

けれど、二人は目を丸くして驚き、称賛の言葉をくれた。

「よく考えたね」

「凄いわ」

解決策に喜ぶ二人の嬉しそうな顔を見ていると、こちらまで嬉しくなってくる。

本当にシルヴィオに感謝だわ。

シルヴィオのことを、お姉様に話したかった。

この素敵なアイデアをくれたのは、あの人なのだと言いたかった。

けれど、彼から名前を人に言わないで欲しいと言われていたので、その存在を伝えていいのかどうか。

それに身分もわからぬ男の人と会っていた、と言うのも憚《はばか》られた。

なので、私はその手柄を独り占めすることになってしまった。

ただ、翌日はジオルグ様がいらっしゃらないと言うので、お姉様に私が抜けだす手伝いを頼まなくてはならなかったけれど。

「こっそり抜けださなくても、いいのではなくて？」

「家の者に言うと、誰かついてくるでしょう？　一人で行きたいの。一人でいるのが好きなのよ」

苦しい言い訳だったけれど、お姉様はそれを信じてくれた。

「では明日は私と一緒に本を読むということにしましょう」

「……もしよかったら、これから時々お願いしてもいい？」

「かまわないけれど、ティアーナは本当に公園が好きになったのね」

「ええ、そうなの」

嘘をつくのは心苦しかったけれど、彼との約束を別にしてもまだ彼のことを知られたくないという気持ちもあった。

咎《とが》められるのがわかっていたから。

また明日も、シルヴィオに会いたい。

明日だけでなく、これからずっと。

だから私は一番大切なお姉様にも、嘘をつかなくてはならなかった……。

翌日から、私とシルヴィオの逢瀬《おうせ》が始まった。

逢瀬、という言葉にはまだ届かないような関係だったけれど、とにかく、二人でこっそりと会い続けた。

会って、何をするということはない。ただ話をするだけ。

でもその時間はとても楽しかった。

お姉様がお父様に手紙を書き、乗馬を習いたいから馬が欲しいとねだった。

私はカインお兄様にジオルグ様に馬術の先生を頼んで欲しいと手紙を書き、お姉様が馬を習うのはよいことだとお父様に口添えして欲しいとも頼んだ。

カインお兄様は二人のことを知っていて、応援してくれているから、詳しい事情はジオルグ様から聞くだろう。

ジオルグ様はいったん王都にお戻りになり、代わってカインお兄様がやってきた。

その間だけはさすがにこっそり抜けだすわけにはいかないので、シルヴィオと会うことはできなかった。

彼は少し残念そうではあったけれど、事情はわかってくれた。

と言っても、お兄様が滞在していたのはわずか三日。我慢、というほどのものでもないのだけれど。

その間にお兄様に計画を細かく説明し、賛同を得た。

お父様やエルカードお兄様には、カインお兄様がジオルグ様に指南役を頼んだ、ということにしていただけた。

この期《ご》に及んで二人に話さないのは、事を大きくしないためだ。

身体が弱いという理由であちらの家から反対されていると知られたら、お父様やエルカードお兄様はきっと怒るだろう。それくらいならこちらから断ってやる、と言いだすかもしれない。

とは、カインお兄様の考えだ。

私とお姉様も、その意見には賛成だった。

お父様はお姉様を愛していらしたし、侯爵家というプライドもおありだ。ヘタをすれば、そんな男よりももっとよい家の縁談を……、となるかもしれない。

エルカードお兄様もお父様に従うだろう。

だから二人には秘密。

乗馬用の服や、靴、新しい鞍《くら》や鞭《むち》なども揃えられ、別荘の庭の隅に小さな馬場が設えられた頃、馬を連れたジオルグ様がやってらした。

私とお姉様の乗馬教師という、この家に頻繁に出入りすることが許される正式な肩書を手にして。

「すべてがよい方に動きだしたみたい」

花数の少なくなったサンザシの木の下で、私とシルヴィオはいつものベンチに並んで座っていた。

あれから何度もここで会い、私たちはすっかり打ち解けていた。

遠慮がちだった会話は、昔からの友人のような親しげなものになり、互いに敬称を付けずに名を呼びあっていた。

「みんなみんなシルヴィオのお陰だわ」

「君があんまり感謝すると、いたたまれない気分になるな」

「まあ、どうして？」

「たいしたことをしていないからさ。褒めるのはそれ相当のことをしてからのがいいな」

「私にはとてつもなく素晴らしいことだったのだから、褒めすぎではないわ」

「ティアーナは本当にお姉さんが好きなんだね」

「ええ、もちろん。あなたはお兄様が好きではないの？」

問いかけると、彼は少し困った顔をした。

「好き、だと思うよ。正直よくわからないな。だが兄はよくしてくれるし、嫌いだなんてことはない」

「ケンカでもしたの？」

この問いにも、彼は少し困った顔をし、間を置いてから答えた。

「離れて暮らしているので、思い出がないんだ」

「ああ、そういうことね。うちも、一番上のお兄様は特別で、私たちとは離れているわ」

「君のところも？」

「ええ。跡取りは特別なものですもの。でも私にはとても優しくしてくださるわ」

「前にも言ったが、私は怪我をしてこっちで一人で過ごしている。家族と離れていると、どう接していいのかわからないんだ。兄は気遣っていろいろと贈ってくれるけれど、それにもどう答えたらいいのかわからない。召し使いに言われて礼状を書くくらいだな。でもそれでは失礼なんじゃないかと思ってる。思ってるのに、どうしたらいいのかわからない」

そうね。

家族でも距離を置いてしまうと、接し方がわからなくなることもあるでしょう。

お姉様とはずっと一緒だけれど、両親やエルカードお兄様には、やっぱり私も少し考えてしまうもの。

「私はここで楽しくやっている、と伝えるためにはどうしたらいいだろう？」

「そうね……。押し花はどうかしら？」

「押し花？」

「この公園のことはお兄様もご存じなのでしょう？　だったら、お手紙に押し花を同封して、公園の花を楽しんでいる、と伝えるの。押し花なら封筒に入るし、あなたが手ずから作ったものになるから、心もこもっているでしょう？」

「ふ……む、それはいいかもしれないな」

自分の意見が認められると嬉しい。

「ティアーナの考えは、心がこもっているな。召し使いたちに相談したら、買い物にでかけるか、と言われた。だが買った物を贈るのは何か違うと思っていたんだ」

「買った物でも、相手のことを思って選んだのなら、よい贈り物だと思いますわ」

「かもしれないが、私には兄上のことがよくわからないんだ」

離れて暮らしてらっしゃるからね。

「でも、君のことならだいぶわかるようになった」

「私？」

「明るくて、可愛い。お姉さんが好きで、本が好き。華やかな世界に憧れることなく、鳥や花を美しいと感じている」

優しい瞳でじっと見られてちょっと照れる。

「そんな普通のことを言われても、私がわかったことにはなりませんわ」

「普通かい？　ではもっとティアーナのことを教えてくれ」

「今度、呼ばれて王都の……屋敷の方へ戻らないといけないんだ」

「私のこと？」

「え……」

突然の言葉に、私は驚きが隠せなかった。

この楽しい時間はいつまでも続くものだと思っていたのに。

「そう……、なの」

落胆した私の手を彼が握る。

「寂しい？」

「とても寂しいわ」

「それはよかった」

「よかった？」

「私も寂しい。寂しいのが私だけだったら、どうしようかと思った」

笑ってる。

「からかったのね」

「からかったわけじゃない。本当にでかけなければならないんだ。家にとって大切なお客様がくるから、顔だけ出すように言われてね。すぐに戻ってくるつもりだが」

「つもり、ということは戻ってこられない可能性もあるのね？」

「もしそうなったら、家を抜けだして戻ってくるよ。君のところに」

好き、と言ったわけではなかった。

好き、と言われたわけでもなかった。

けれど握った手から伝わってくる彼の温《ぬく》もりが、言葉を必要としなかった。

彼は、私の手を握っている。私は、彼が手を握ることを許している。結婚前の男女が、人目に触れぬところで手を握りあっている。

それだけで、『恋人』なのだと思わせた。

恋人が言いすぎだとしても、互いに想《おも》いあっていることを信じさせた。

「でかける前にはちゃんと言う」

彼が肩を寄せてくる。

「あなたがいなくても、毎日ここで待っているわ」

その肩に、頭を乗せる。

「頰にキスしても？」

礼儀正しく許可を求める彼に、目を閉じて答えると、頰に軽く唇が触れた。

「まだ、私にはこれぐらいしかできない」

「私も、これぐらいしか許せません」

「うん」

私たちはちゃんとわかっている。身分を明かさぬままであれば、本当の『恋人』にはなれないということが。『好き』と言わないのも、それが理由。

言ってしまったら、きっと本当の恋人になってしまいたくなる。キスも、頬では満足できなくなってしまう。

お互いにちゃんとしたいのなら、身分を明かして、結婚を前提にしなくては。

でも……、彼は私に家のことを訊かなかった。

相変わらず自分の家のことも話さない。

私を好きではいてくれるだろうけれど、結婚までは考えていないのだ。

それはとても残念なことだけれど、こうして一緒にいるだけでもいい。だから、求めない。自分から名乗ることもしない。

「押し花を作るより先に、お兄様のところに行ってしまうのね」

「手土産にするよ。この花でもいい」

「サンザシ？　でももう終わりだわ」

「日陰のはまだ咲いてる。そうか、サンザシというのか」

「知らなかったの？」

「花の名には詳しくないんだ。バラならわかるが」

「これもバラ科よ」

穏やかな会話。

触れているのは手だけ。

知っているのはこの場所で交わした会話と、互いの名前だけ。

それでも、心は通じあっていると信じてる。

だから、この時間が大切で、これが壊れてしまうようなことはしたくなかった。

夢なら、せめて長く見続けていたかったから。


一週間ほどして、シルヴィオはこの地を離れてしまった。

十日ほどで戻る、と言って。

その間、私はなるべく屋敷にいることにした。

シルヴィオが戻ったら、またでかけるかもしれないから。そうそうでかけているわけではないと印象づけたかったのだ。

何せ、もうジオルグ様とお姉様は部屋に籠《こ》もったりしておらず、馬術の訓練で馬場に出ることが多くなっていたので。

馬場では他の者の目もあり、私がいなくなればすぐにそれと知られてしまうだろう。

と思ったのだけれど、お姉様はまだ体調万全というわけではなかったので、レッスンが終わると随分と疲れたご様子だった。

なので、午前中はお姉様が、昼食をいただいてから午後は私がレッスンを受け、私のレッスンが終わると『三人』でお姉様の部屋でお茶をいただく、ということにした。

これならまた家の者に気づかれず、抜けだすことができる。

最初の数日は、私もお茶の席をご一緒した。

でもやっぱり二人のお邪魔になるのでは、と早々にまた抜けだすようになった。

もちろん、でかけるのは公園だ。

サンザシの花はすっかり散ってしまい、ベンチは茂った葉の間に埋もれ始めていた。

そのせいかもしれない。

天気がよくても、風が爽やかでも、何かが足りない。せっかく持ってきた本も、開く気にならなかった。

……寂しい。

一人だから、ではない。

彼がいないから、寂しい。

この場所で、シルヴィオの笑顔が、声が、ないことが寂しい。

彼と共にいることが当たり前になっていたから、ここに彼がいないことが不自然だと思うほどに寂しい。

たとえここにお姉様がいらしても、きっとこの寂しさは消えないだろう。

シルヴィオに会いたい。

たった数日会わないだけなのに、どうしてこんなに寂しいのかしら。

今までだって、顔を合わせるのに数日空けたことはあったのに。

遠いからだわ。

シルヴィオが王都に行ってしまった、と思っているからだわ。

もしかしたら、戻ってこないかもしれないという恐怖。

もしかしたら、家に戻ったら婚約が決まっていたなんてこともあるかもしれない。

彼は私よりも年が上だし、お兄様がいらっしゃるなら跡継ぎにはなれない。だから早くどこかに婿入りさせたいと考えるのは親心だもの。

カインお兄様はお母様の実家で空位だった爵位があったので、そちらを継ぐことになったけれど、もしそのことがなければ、男子のいない家へ婿入りさせられていただろう。

親が決めた結婚に逆らうことはできない。

跡継ぎならば少しは我儘《わまま》が言えるだろうけれど、そうでなければ家のための結婚を強いられるだろう。

我が家は侯爵家。

決して他家に『劣る』という意味では断られないだろうが、逆に格が釣りあわなければしりごみされるかも。

貴族には上から公爵、侯爵、伯爵、子爵、男爵の爵位がある。

もしも彼の家が子爵や男爵であったなら、お父様は心配するだろう。

では私は？

もし彼の家があまり裕福ではなかったり、爵位が釣りあわなかったら？　彼のことを諦《あきら》めてしまう？

……いいえ。

もしそうだったとしても、私は彼と一緒にいたい。

他の男の方を多く知っているわけではないけれど、シルヴィオほど一緒にいて穏やかな気持ちになれる人はいなかった。

私の言葉を聞いてくれて、真剣に応《こた》えてくれてる。時折見せる寂しげな表情は切なく私の心を摑《つか》み、いつも浮かべている笑みは私をときめかせた。

真っすぐに見つめてくれる瞳も、嬉しい。

ちゃんと私を見てくれているのだと感じられたから。

気取ることもなく、格式ばることもなく、いつも自然な会話を楽しめた。

彼が遠くに行ってしまったと思うだけで、こんなにも心が苦しい。

私は、彼に恋をしている。

自分の心の中では認めることができるけれど、言葉には出せない。

だって、彼が何も言わないから。

彼が私を望んでくれるなら……。たとえ家族と離れても、貧しい生活を送ることになっても、シルヴィオが一緒ならかまわない。

どんなに強く思っても、彼が私を憎からず思ってくれていることを察しても、今の私は片想《かたおも》いでしかないのだ。

戻ってきた彼に、『結婚することになった。君といるのは楽しかった』と言われたら、笑って別れなければならないのだ。

一人になると、そんなことばかり考えていた。

たとえ周囲に認められなくても、互いが求めあい、想いあっているお姉様たちが羨《うらや》ましくなってしまう。

他人を羨むなんて、いけないことなのに。

シルヴィオ、早く戻ってきて。

あなたがいるだけで幸福だった時間に戻して。

でないと、いろんなことを考えすぎて頭が破裂してしまいそう。

求められなくてもいい。ただ側《そば》にいてくれるだけでいい。

もう一度あの幸福な時間に戻して。

短い時間でもいいから……。


シルヴィオがいなくなって十日目、やっと彼と会えるとドキドキしながら待っていたけれど、陽が傾いても彼は現れなかった。

不安は大きく広がり、もう戻ってこないのでは、病気にでもなったのでは、と悪いことばかり考えてしまう。

翌日も、期待よりも不安の方が大きく、私はいつものベンチに向かった。

そっと覗《のぞ》き込んだ木陰のベンチ。シルヴィオが待っているかと期待したのに、そこには誰もいない。

今日もこないのかしら、と思って肩を落とした時、背後からそっと抱き締められた。

「ただいま」

暴漢かと一瞬身体を硬くした私の耳に響く聞き慣れた声。

シルヴィオの声。

彼だとわかった瞬間に、嬉しくて涙が溢れた。

「ティアーナ？」

覗き込んで私の涙に気づいた彼が慌てて回した腕を放す。

「すまない、こわがらせたかい？　ちょっと驚かそうと思っただけなんだ」

「こわかったのじゃないの。あなただとわかって嬉しくて……」

「嬉しい？」

「早く会いたかったから」

離れた腕が、また私を抱き寄せる。

「……私もだ」

そして彼は私の唇を奪った。

「とても会いたかった」

キスされた。

それはとても、本当にとても、嬉しかったけれど、私は顔を背けた。

「いけないわ。こんなこと……」

だが腕は私を放してくれなかった。

「私が嫌いか？」

「……いいえ。でも、私たちはただのお友達よ」

「では恋人になればいい」

「え……？」

突然の言葉に驚いて彼を見ると、青い目は私を映したまま笑っていた。

「結婚を前提とした恋人になって欲しい、と言ったんだ」

「ええっ！」

驚きに、大きな声を上げてしまう。

だってそうでしょう？　今までそんなこと口にしたことはなかったのだもの。

「そんなに驚くことかい？　傷つくな」

「あ、ごめんなさい……。でも」

「とにかく座ろう。ゆっくり話をしたいから」

「ええ」

彼は私から手を離さず、いつものベンチへ誘った。

「ここも随分葉が茂ってきたね」

頭の上に垂れてきた枝を手で掻《か》き上げたが、背の高い彼には避《よ》け切れなかった。なので、枝を避けていつもより近くに座る。

それとも、もう距離を空ける必要がない、ということなのかしら。

「落ち着いた？」

「まだ、頭が混乱してるわ」

だって、やっと会えたと思ったら突然キスして恋人になろうなんて言うのだもの。

「では最初から順を追って話そう。私が実家へ戻ったのは伝えたね？」

「ええ」

「その時、仕事としていくつかの集まりに出た。そこで幾人もの女性に会ったが、君より素敵な女性はいなかった」

言いながら、強く手を握られる。

他の女性に会ったことを言い訳しているみたいに。そんなことはないわね。彼が私に気遣う理由なんてないのだもの。

「そこで何とか上手く役目をこなしていたら、周囲の者に私もそろそろ結婚を考えなければと言われてしまった」

予想していたことだったのに、ピクリと手が震えてしまう。

それを感じて、また手が強く握られる。

「その時、君のことが頭に浮かんだ。いや、君のことしか考えられなかった。いつか誰かと結婚しなければならないのなら、君がいい。兄にはそれとなく話をしてみた。相手がどんな家の女性でもいいのか、と。もし身分が低くてもいいのか、と。兄は、私が結婚したいと思う相手がいるのなら、そんなことは気にしなくてもいいと言ってくれた」

『身分が低くても』ということは、彼はそれなりのお家なのかも。でも次男では爵位を継げないわ。

相手が誰でもいいと言うお兄様の言葉は、そういう意味かもしれない。つまり、爵位のない者なら誰と結婚してもかまわない、という。

「ティアーナ。どうか私と結婚を前提としたお付きあいをして欲しい。君も私を好きだと感じるのは、私の思い過ごしではないだろう?」

「ええ……。私もあなたが好き。あなたと結婚したいと考えるほど」

「わかった」

安堵《あんど》を含んだ満面の笑み。

でも私はその笑顔を崩す言葉を言わなくてはならない。

「私たちが結婚の話をするためには、お互いの家のことを知らなければならないわ。ここで共に時間を過ごすだけの時には必要のなかったことを」

「私は君の家の爵位がどんなものでも……」

「反対よ。私の家が、あなたの爵位を気にするの」

思った通り、彼の顔が曇る。

「と言うと?」

今度は私から、彼の手を強く握った。

これから言うことは、私の本意ではなく、『貴族』の『家』というものを考えるのに必要なことだから言うのだ、と伝えるために。

「……私の家はグレンディン侯爵家です。父は国の重職にあり、私の結婚相手については侯爵家に相応《ふさわ》しい人物を、と言われるでしょう。私は、あなたがどんな身分であっても、望まれて嬉しいわ。でもあなたが真剣に結婚を考えてくださるなら、そのことについて二人で話しあわないと……」

「グレンディン侯爵？　政務官筆頭の？」

「ええ」

彼は本当に驚いたという顔をした。

これで私を諦めてしまわなければよいのだけれど。

「信じられない。こんなことがあるなんて」

彼が別れを口にする前に、私は自分の気持ちをもう一度口にした。

「私、あなたがどんな身分でも、望んでくれるのなら一緒にいたいわ」

すると彼はもう一度驚いた顔をし、それからにっこりと笑った。

「ああ、ティアーナ。やっぱり君は最高だ。私が男爵でも子爵でも、結婚したいと言ったらしてくれるんだね？」

「ええ」

きっぱりと答えると、彼はさらに笑顔になった。

「でも、お父様たちは反対するかもしれないから、私たちは努力が必要だと思うの」

「いいや、努力など必要ない」

「でも……」

「君の憂いを取り除こう。私たちの結婚は、きっと皆に祝福されるだろう。なぜなら私の家はグランメルツ家、つまりこの国の王家なのだから」

「……え？」

確かに、『グランメルツ』は王の家名だけれど……。

「私はね、現国王ライアスの弟なのだよ」

今度は私が驚く番だった。

「あなたが？　本当に？　でも王弟殿下なら、なぜ王城ではなくこんなところで……」

「療養だ。……ほら、落馬で怪我をしたから」

そうだったわ。

もう杖を持っていないから忘れていた。

「つまりね、王弟である私と、グレンディン侯爵の息女である君との結婚は、誰に知られてもかまわないし、皆から祝福されるだろう」

嬉しそうに言って抱き締めてくれる彼の腕の中で、私は大粒の涙を流した。

「本当に？　本当なの？」

「本当だとも。もうキスしていいな?」

答える前に、彼が私に軽いキスをくれる。

「私は君の身分がどんなに低くても、絶対に結婚を申し込もうと思っていた。君も私がどんな男だとしても結婚しようと思ってくれていた。これが真実の愛情でなくて何だというのだ。私は絶対ティアーナを妻にする。どうか私と結婚してくれ」

諦めかけていた。

彼が実家で他の女性との結婚を命じられるのではないか、それでなくともそちらで私以外の女性を選んでしまうのではないか。もうここへ戻ってこないのではないかとも思った。

そんな私の不安がすべて吹き飛んでゆく。

「夢のようだわ……」

「現実だ。それで返事は?」

「もちろん、イエスよ。それ以外の言葉などないわ」

見つめあい、抱きあい、今度は互いにゆっくりと顔を近づけて深い口づけを交わす。

柔らかな唇の感触。

初めてのキス。

さっきからされていた、挨拶のようなキスとは違う。

合わせた唇の間から唐突に差し込まれる濡《ぬ》れた舌。

口の中に他人の一部が入ってくるという感覚に鳥肌が立つ。

拒む間もなく口の中を探る舌が私を蕩《とろ》けさせてゆく。

キスって、こんなふうにするの？

それとも、これは特別なキスなの？

問いかけることもできずキスが続けられる。

塞がれているのは口だけなのに、鼻でも呼吸ができなくて息が苦しくなってきて、私は彼を少し押し戻した。

「嫌？」

訊かれてすぐに否定する。

「……息が苦しくて」

誤解されたくないから正直に答えたのに、笑われてしまった。

「キスは初めて？」

「当然だわ」

「失礼。でも嬉しい告白だ。これからは君の初めてをすべて私のものにできそうだ」

そう言ってから、彼は急に真顔になった。

「私としては、すぐにでも君の家に結婚を申し込みに行きたいんだが、それはしばらく

待って欲しい」

「どうして?」

「実は、今回城に戻ったのも、兄の婚約者が病に倒れたからなんだ。まだ公表はされていないのだが、あまりいい状態ではない。落ち着くまで、弟の私が婚約という晴れがましいことをするわけにはいかないんだ。私の婚約に兄の婚約者が出席しないとなれば問題にされるだろう? 病気のことが知られて王の婚約者が病弱である、と言われればどうなるか、君にはよくわかっているはずだ」

ええ、よくわかるわ。

お姉様は正にそのことで反対されているのだもの。

伯爵家の跡取りの結婚相手というだけでもそうなのだもの、王の結婚相手となればもっと厳しい目が向けられるでしょう。

女性は子供を産む道具ではない。健康でも、不幸にも子供ができずに養子をとる家もある。

けれど、王の跡継ぎを産むのは王妃の義務と言っていいだろう。しかも次代の王を養子で迎えることはできない。

そんな最中に、王位継承者である弟君が有力者の娘と結婚すれば、邪推する者も出てくるかもしれない。

「兄の婚約者が健康を取り戻すまで、どうか今しばらく公表は待ってもらいたい」

「わかりました」

「……いいのか？」

「あなたの気持ちを信じていますもの。跡継ぎの方に嫁ぐ問題も、お姉様のことで理解しています。私はまだ社交界にも出ていませんし、婚約の話は先でも大丈夫ですわ」

「もし君の父上が婚約の話を持ってきたらすぐに言うんだよ。そうしたら、内々に侯爵に私が申し込むから」

お姉様の結婚が決まらないうちはまだそんな心配はないと思うのだけれど、彼が真剣な顔で言ってくれたのが嬉しかった。

「いつか君を水晶の城に連れていくと約束する」

「水晶の城？」

「王城のことだ。塔に入ったガラスに朝日が反射する姿が水晶のように見えるからそう呼ばれている」

「まあ、素敵でしょうね」

「ああ、素敵だった。だから君にも見せたいんだ。一緒に行こう。私がエスコートする」

「楽しみにしているわ」

その日がくる、と信じて疑わなかった。

私を見つめる彼の眼差しには、一点の曇りもなかったし、身分を明かした上プロポーズまでしてくれたことで浮かれていたということもあるかもしれない。

「そろそろ日差しも強くなるし、ここはじきにサンザシに覆われてしまうだろう。今度から会う場所を変えよう」

「でもまだ人に見られてはいけないのでは？」

「君に私が王弟であると信じさせるためにも、いい場所があるんだ。人目を気にせずキスできるような、ね」

そう言って彼は私の手をとって立たせた。

幸せ、というのはこういうことを言うのだわ。

朝感じていた不安はもうどこにもない。

あるのは『いつか』くる幸せな未来への期待と、彼に対する愛情だけ。

貴族の結婚は自由ではない。家の繫《つな》がりのために親に決められるものと教えられてきた。

恋をして結婚へ向かっているお姉様は特別なのだと思っていた。

でも自分も、愛する人と結婚できる。

その喜びに包まれていた。

その日、彼が私を連れていったのは、公園の奥にあるパビリオンだった。

遊歩道を奥へ進むと、王家の別荘の敷地との境に出る。

長く続く白い鉄柵《てっさく》にある扉を開けて、さらに奥へ進むと、そこには独立した小さな聖堂のような建物が立っていた。

『木陰の館』という名の六角形の建物は王家の人しか使えないようになっているのか、扉には鍵《かぎ》がかかっていた。

けれど、佇《たたず》まいだけで庭園の飾りとなっている、美しい建物。

彼はその扉を開ける鍵を持っていた。

王の弟であるという彼の言葉が真実である証拠だ。

建物の中は中庭を囲んでいくつかの部屋があり、簡単なキッチン、侍従のウエイティングルーム、来客のリビングと仮眠用の寝室などがあるらしい。

そのリビングルームで、ゆったりとした時間を過ごした。

その日だけではない。

それからしばらくは、あのベンチで待ちあわせ、木陰の館で会話を楽しむことが日課となった。

お姉様に、公園で秘密の楽しみを見つけたから、抜けだすことに協力して欲しいと頼んでおいた。

私がいなければその分恋人との時間が作れることになるので、喜んで協力してくれた。

時には行けない日もあったけれど、私とシルヴィオはほぼ毎日会っていた。

幸福な日々。

彼は、お兄様である陛下がとても素晴らしい人物だと話してくれた。優しくて、落ち着いているけれど、少し押しが足りない。

怪我をした自分を疎むことなく、こんな長い休暇をくれて、人前にぶざまな姿を晒《さら》さぬように気遣ってくれたのも兄の優しさだ。

自分はそんな兄の助けになりたい。

彼こそが王に相応しい人物だ、と。

婚約者の方とは、あまり話をしたことがないのでよく知らないが、兄がとても気に入っている人だからきっとよい人だろう。

早く病気がよくなってくれればいい。

そうしたら私の家に求婚の使者を立てる。

何だったら、兄弟一緒の結婚式というのもいいだろう。

未来のことを語るのは、とても楽しかった。

お城から求婚の使者がきて、家族に祝福され、王城へ向かう。

優しいお義兄《にい》様とお義姉《ねえ》様にお会いして、一緒の結婚式。

彼は、結婚したら公爵の位を継ぐらしい。

お子様のいなかった大叔父様の爵位で、領地は現在王家の預かりになっているが、結婚したらそれを戻してくれるそうだ。

国の西の方にある領地は、子供の頃に行ったそうだが覚えていないと言っていた。ただ、湖があって、よい場所だそうだ。

でもお兄様を手伝うので、結婚してもしばらくは王城住まいだろうと。

お城に向かうまでいっぱい勉強して、彼の助けになりたいと言うと、彼は笑って期待していると言ってくれた。

結婚が遠くても、この時間が続くのならばそれも悪くないと思った。

でもそんなわけにはいかなかった。

ある日、いつものようにベンチで彼を待っていると、シルヴィオが少し遅れてやってきた。

顔色も悪く、落ち着かない様子だったので、具合が悪いのかと思った。

「大丈夫？　顔色が悪いわ。体調が悪いなら今日はやめておく？」

「いいや、今日はどうしても話さなければならないことがあるんだ。行こう」

彼は私の手をとると、その後は何も言わず木陰の館へ向かった。

建物の中に入り、私を長椅子《ながいす》に座らせると、彼も隣に座りやっと口を開いた。

「……エチエンヌが危篤だそうだ」

「エチエンヌ？　お兄様の婚約者の？」

「ああ。病が悪化して、医師がサジを投げた。私は城へ戻らなければならない」

「ええ。そうした方がいいわ。是非お兄様を支えてさしあげて」

私は彼の手を握った。

指先が冷たい。

彼の不安と焦燥が、それだけでも伝わってくる。

「大丈夫よ、どんな立派なお医者様だって、見立て違いはするわ」

「いいや、もうだめだろう。もしも彼女が亡くなったら、私はしばらくこちらには戻れなくなってしまうだろう」

「しばらく？」

「兄上が婚約者の最期に立ちあえるようにしてあげたい。もし彼女が亡くなったら、その悲しみの癒《い》えるまで、そばにいたい。それがどれだけかかるのか、今はわからない」

彼の心情を察すると、『寂しい』とは言えなかった。

「あなたが迎えにくるまで、待っているわ」

「何ヵ月かかかるかもしれない」

「それでも、必ず迎えにきてくれるのでしょう？」

「もちろんだ」

「でしたら、待てます」

彼は私を強く抱き締めた。

「手紙を書こう。女性の名で」

「それは素敵な考えだわ」

『素敵』という言葉を口にしながらも、私は泣きそうだった。

たった十日ほど離れていただけで、あんなにも寂しかった。それが今度は数ヵ月も離れなければならないなんて。

「ティアーナ。私は明日には旅立たなければならない」

「明日……」

「その前に。どうしても君が欲しい」

「私が……？」

「離れても忘れないように。君が他の男のものにならないように」

彼の、言葉の意味がわからなかった。私が他の男の人のものになるわけがないのに。それとも、両親が決めてしまうことを恐れているのかしら？

けれど『離れても忘れないように』という言葉が、心に響いた。

自分もそうしたい、そうして欲しい。

「私に差し上げられるものがあるなら、何でもお渡ししますわ」

「……私の、言葉の意味がわからないのだね。それでも、私は君が欲しい」

困ったような顔。

答えが間違っていたのかしら。

「君は、一人でドレスが着られるかい？」

「え？　ええ。こうして抜けだす時には飾りのない服に自分で着替えなければならないから……」

「それはよかった。おいで」

手をとって、立たされる。

手を繋いだまま、彼は今まで案内してくれなかった隣の部屋へ向かった。

そこは仮眠のできる寝室があると言っていた場所だ。

寝室……。

男女で寝室に向かう意味。

扉をくぐり、置かれている大きなベッドを見て、やっと私はその意味を察した。

彼は、『私』を手に入れたいのだ。

愚かなのかもしれない。

今まで行儀よくしていた彼が、結婚前に貴族の令嬢が純潔を失うということがどういうことかわかっているであろう彼が、それでも今私を望んでくれている。その喜びに目が眩《くら》んだ。

「手が、震えている」

「意味が……わかったからよ」

「君の意思を踏みにじるつもりはない。拒むなら、このまま帰ってもいい。ここでチャンスを一度逃したからといって、君を求める気持ちが変わるわけではない」

「何ヵ月くらい離れているの？」

「少なくとも一ヵ月、長ければ三ヵ月ぐらいだと思っている。兄の婚約者は有力貴族の娘で、彼女との結婚は政治でもあった。それが崩れるのだから、諸々《もろもろ》の立て直しは必要だろう。……私はそんなに役に立つ人間ではないので、それを早める術《すべ》を知らない」

「あなたはとても優秀だわ」

「……かつて、そんな時もあったかもしれない」

なぜか、彼は寂しそうに微笑んだ。

「私は、愛を忘れるのがこわい。忘れられるのもこわい」

彼が握っていた手を離した。

苦しげな視線が私を見つめる。

「絶対に忘れたくない。ティアーナを覚えていたい。この目で、この手で、心のすべてで、君を覚えていたい」

「それは……。ン……」

唇が重なる。

今までの、キスとは違っていた。

彼としたキスは、唇を合わせることが目的で、どんなに深い口づけであっても、唇はキスを終えれば離れていった。

なのにこのキスには続きがあった。

「あ……」

キスを終えたはずなのに唇は離れず、私の頬を滑り、耳元へと移動する。

熱い吐息が耳朶《じだ》にかかったかと思うと、濡れたものがそこを濡らした。

「あ……」

ゾクリ、と肌が粟立《あわだ》つ。

舐《な》められた、と思う間もなく耳へキスが降る。

「そんなことはないと思いたいが、もしも私が君を忘れたら、思いださせてくれ。私がこんなにも君を愛しているということを」

囁《ささや》く声。

答える前に、キスが首筋を滑ってゆくから、言葉が消える。

「ん……」

長く離れるということが、こわいのだわ。

私だってこわいもの。

その間に彼が他の人を好きになってしまったらどうしようとか、王弟であるなら国のための結婚を強いられてしまうかもしれないとか。

私たちは愛しあっている。

けれどまだ誰もそれを認めてはいないのだ。

誰も知らないところでひっそりと二人でいる時には、不安はない。けれど、遠く離れれば、人々の前に立てば、どうなるかは『まだ』わからないのだ。

彼は、私を強く抱き締めてまた唇へキスをした。

回された腕の力は強く、まるでそうしないとここに私がいることが確かめられないというように。

私もつられるように彼の身体に腕を回し、強く抱き返す。

言葉は、消えた。

抱きあったまま、そっとベッドの上に倒れる。

彼の手が私のドレスにかかり、どうしたものかと彷徨《さまよ》った後、肩口を外した。

露《あらわ》になった肩にされるキス。

彼の唇が当たったところが熱い。

シルヴィオは女性の服を脱がすことに慣れていないようで、キスを繰り返しながらも手はドレスの上を彷徨い続けていた。

彼は私よりずっと年上のようだから、女性の経験があるかと思っていた。

嫌なことだけれど、当然のこと。だから、手慣れていないことが少し嬉しい。

けれどそのぎこちない手が、ドレスの背を留めてあるボタンを見つけると、そこからは早かった。

身体の下に手を差し込み、一つずつゆっくりと外してゆく。

ボタンがすべて外れると、ドレスは皮を剝《は》ぐように前に引っ張られ、するんと抜けた。

近いとはいえ、屋敷からここまで歩くこと、人目につかないようにすることを考え、出てくる時はいつも簡素なドレスにしていた。

着替えもし易いものに。

それは脱がされるのも簡単な、という意味だ。

上半身を引き抜かれた後、腰から下へスカートも下ろされる。

まだ恥じらいが少ないのは、下にアンダードレスを着ているから。

ドレスを脱がせた彼は、私の足元に跪《ひざまず》き、靴を脱がせてから、抱き上げて私をベッドへ横たえた。

一瞬、目が合い動きが止まる。

「愛している」

それがこの行動の理由だ、というように呟いてから、彼は私の上に覆いかぶさってきた。

「私も……」

背徳感はあった。

私たちはまだ結婚前。

けれどそれ以上に、喜びがあった。愛に身を委《ゆだ》ねる幸福感が。

私を守っていた最後の薄い帳《とばり》、アンダードレスが剝ぎとられる。

「あ」

漏れてしまった小さな声に、彼が微笑んだ。

「優しくする。でき得る限り」

大きな手が、直《じか》に私の胸を摑む。

「あ……」

自分のものではないというだけで、どうしてこんなにも与えられる感覚が違うのだろう。

膨らみを包む熱い掌《てのひら》。

柔らかさを確かめながら、軽く握り、揉《も》みしだく。

ざわざわとした感覚はそこから全身に広がった。

またも降り注ぐキスの雨。

雨は唇から首へ、胸へと移動してゆく。

私の中で何かがそれに反応し全身に散ったざわざわが内側へ向かい身体を火照らせる。

雨は移動をやめ、一ヵ所に留《とど》まった。

「や……」

胸の一番敏感な部分に唇が触れ、一瞬だったけれど声を上げてしまう。

続いて指が、そこを弄《いじ》り始めると声が止まらなくなってしまった。

「あ……、いや……っ。そこは……。は……ぁ……っ」

指が動き続けている間、私は喘《あえ》ぎ続けた。

はしたないことだと思うのに、声を出さないでいると、身体の内側から溢れる熱に耐えられなくなってしまいそうだったから。

髪を乱し、身悶《みもだ》えている間にも先端の小さな突起は、彼の指に嬲《なぶ》られ続ける。

「ん……っ。あ……ン」

アンダードレスは上下に分かれていた。

上の部分は既に脱がされていたけれど、まだスカートの方は残っていた。

そのスカートの裾がまくり上げられ、彼の手が入ってくる。

手は探りながら脚を這《は》い上がり、付け根の部分で止まりそこを撫《な》でた。

「……だめ、そこ。……くすぐったいわ」

「くすぐったいだけ？」

「ええ」

本当はむずむずするような感覚もあったのだけれど、それは言わなかった。

「ここは？」

手がさらに上がり、腰骨の辺りを撫でる。

「や……、くすぐったい……わ……。あ……っ」

すーっと滑った指先に、思わず声を上げると、彼の声が笑った。

「それだけじゃないようだね」

「別に……」

「感じてくれてるなら、私は嬉しいな」

「うれ……しい……？」

手が動きを止める。

「嬉しいさ。君が、私で気持ち良くなってくれるのは、私に愛されて喜んでくれている証拠だからね」

だから言葉を交わすことができた。

「……はしたなくはないかしら?」

「そんなことを気にしてたのか」

「気にするわ」

あなたにどう思われるかは、とても大事なことだもの。

はしたないと思われて嫌われたくない。

「では気にすることはないと言っておこう。君が乱れれば乱れるほど、私が喜ぶと思ってくれ。ティアーナのどんな姿も好きだし、むしろ見たことのない姿は見てみたいと思っている。できれば、感じる時は言ってくれるとありがたいな」

「それはできないわ」

「恥ずかしい?」

「……余裕がないと思うから」

「なるほど」

彼はまた笑い、再び手を動かし始めた。

「では私は君の表情からそれを読みとることにしよう」

くすぐったかった場所から滑りだした指が、身体のラインを辿《たど》ってゆく。彼の指が『私』を描いているみたいに。

描かれた『私』はもう彼のものだ。

彼の与える愛撫《あいぶ》で、肢体をくねらせ、思うがままのポーズをとらされる。

「あ……、あぁ……っ」

胸を吸われているだけでも耐えられないのに、腰の辺りを動いていた手が、ついに脚の間へと移動を開始すると、もうまともな思考などできなくなってしまった。

内股《うちまた》を撫でられてるわ。

ああ、もっと奥へ入ってゆく。

自分でも触れることのない奥へ。

そこがどんな形をしているのか、私は知らなかった。見ることのできない場所だから。

けれど指が、形をなぞるから、ぼんやりとではあるけれど伝わってくる。

「あ……っ！」

指で弄ることのできる突起。

触れられると、痺《しび》れるような快感を生む場所。

「あ、あ、や……っ」

強く弄られると何かが零れ落ちてゆく。

それが彼の指を濡らしてゆくのがわかる。

「あん……っ」

雫《しずく》を纏《まと》った指は、さらに奥にある場所へ進み……、私の内側へと続く入り口にたどり着いた。

「あ……」

するりと、指が中へ侵入する。

突起を弄られていた時の先鋭的な快感とは違う、身体を蕩かすような心地よさが私を浸してゆく。

「は……ぁ……。あ……」

身体の端々が、ビクビクと痙攣《けいれん》していた。

もっと、何かもっと決定的な衝撃が欲しい。でもそれが何だかわからない。

胸を触られることも、下を弄られることも、快感ではあるのだけれど、もっと強いものが与えられるはずだ。

女としての私は本能でそれを知っていて、待ち望んでいた。

「私は、必ず君を妻にする」

シルヴィオの声が遠くに感じる。

「これはその約束だと思ってくれ」

まるで夢の中に響いているように。

その夢が、彼の手で終わらされる。

これまでは、揺蕩《たゆた》うような心地よさだった。

愛撫の手が止まってもその心地よさは続き、彼が私の脚をとり、開き、その間に身体を進めてきたことも、自分には関係のないような気持ちでいた。

近づいている、ただそれだけのこととしか思わなかった。

「……んっ」

彼の一部が私の濡れた場所に押し付けられるまでは。

「あ……、何……？」

腿《もも》の内側に手が添えられ、脚がさらに大きく開かされた時に夢から覚めた。

「ティアーナ……」

ズッ、と何かが私の中に押し込まれる。

「は……ぅ……っ！」

口を塞がれているわけでもないのに、息が苦しい。彼で塞がれた場所でも呼吸をしていたみたいに。

「い……っ」

私の苦しさなどかまわず、彼が侵入してくる。

そんなところに、そんなに他者を受け入れる場所があったなんて。

どこまでもどこまでも、何かが入ってくる。

「キツイな……」

頭がぐるぐるした。

世界が回っているような。

自分の中に入ってきた彼の一部が動く。

シルヴィオが私を抱き締める。

「あ……、あぁ……っ」

声を漏らし続ける唇が塞がれる。

今度こそ本当に息が苦しくなった。

微《かす》かな痛みと羞恥心《しゅうちしん》を、快感が押し流してゆく。

私は、これでもう他の人に嫁ぐことはできない。彼を受け入れたこの瞬間、私は彼だけのものになったのだ。

肉体の快感と共に、その喜びも身を包んだ。

彼が私を妻にしてくれると言った言葉を、微塵《みじん》も疑っていなかったから。

こうして求めあうことが、二人だけの結婚式であるような気もした。

「愛してる」

熱い。

「愛してる」

身体が熱い。

繋がった場所が熱い。

「……今度こそ、失ったりしない」

「あぁ……、シルヴィオ……」

奥を突き上げられ、私は身体を震わせた。

感じたことのない快感が、その絶頂に達しすべてを呑《の》み込む。

「あ……、あぁ……」

何もかもが白熱し、灼《や》き切れたように意識が途切れる。

私は、この時確かに幸福だった。

とても……。


陽が傾くまで、私たちはベッドの上にいた。

私が身体を動かせるようになるまで、彼は優しく抱き締めてくれて、私の火照りと疲労と痛みが治まった頃に、ベッドから出て脱ぎ捨てた自分の服の中から小さな小箱をとりだした。

「王家の紋章のついたものは、まだ渡せない。正式に申し込む前に君がそれを持っていると、咎められるかもしれないから。だがどうしても約束を形にしたかった」

彼が開けた小箱の中には、小さな指輪があった。

「これは、亡くなった母の形見だ」

「王妃様の？　そんなに大切なもの……」

「母が娘時代にしていたものだから、さほど高価なものではないし、王妃になってからは身につけていなかった。だがこのデザインがとても好きで、よく箱から出して眺めていたそうだ」

彼は私の手をとり、その指輪を左手の薬指に嵌《は》めてくれた。

ハート型の薄い青石、周囲は小さなダイヤが縁取り、それがハートの上でリボンのように王冠のような形を作っている。

特別に作られた一品だと感じさせる。

「可愛い……」

「だろう？　可愛すぎて王妃には合わない。石も、あまり高いものではないようだ」

「でも淡い水色がとても綺麗だわ」

「必ず迎えにくる」

「必ず迎えにくる」


「気に入った?」

「ええ、とても」

「私がいない間、これを私だと思って持っていてくれ。必ず迎えにくる」

「指輪がなくても、あなたを待っているわ」

そうは言ったけれど、ちゃんとした形があるものが渡されたことは嬉しかった。

彼が空腹を訴え、食べ物を探してくると部屋から出て行った時に、ドレスを着た。

彼は残念だと笑いながら、いつも語らっている部屋へ移った。

頑張って淹《い》れてみたというお茶は苦く、見つけてきた食べ物はビンに入ったビスケットだけだった。

けれど私たちには素敵な食事だった。

別れの時間がくると、彼はあのベンチまで送ってくれて、サンザシの木陰で何度もキスし、抱き締めてくれた。

名残惜しい。

互いの全身でその気持ちを表す。

「長くても三ヵ月で迎えに行く。その前には手紙だ」

「ええ。待ってるわ」

最後に、私の指に嵌めた指輪にキスして、彼は私の姿が見えなくなるまで見送ってくれた。

疲れた身体で屋敷へ戻ると、もう何もしたくなくて、具合が悪いのだと言って自分の部屋へ引きこもった。

明日になっても、明後日《あさって》になっても、シルヴィオに会えない。

身体に残る彼の名残は、鈍い疲労感として寂しさを募らせた。

夕食も部屋で摂《と》ると伝えると、お姉様が心配して様子を見にきてくれたけれど、私ははしゃぎすぎて疲れただけだと答えた。

明日からは、しばらくおとなしくしているわ、と。

半身を引き裂かれたような悲しみ。

でも私は泣かなかった。

シルヴィオは迎えにきてくれる。今離れるのはその準備のため。だったら泣くなんておかしいわ、と。

泣けない私の代わりに、夜中から静かに雨が降り始め、翌朝には嵐《あらし》になった。

こんなに酷《ひど》い嵐は初めてだと、執事が驚いていた。

やがて、手紙が届くのを楽しみに待つことにしようと私が気持ちを切り替えると共に天候も回復した。

嵐が過ぎ去った後には好天になるというが、実際その通りで、前日までが嘘のようにからりと晴れた。

嵐の間、来訪を中止していたジオルグ様もやってきた。

だが……。

「私はしばらく王都へ戻ります」

深刻な顔で彼は言った。

「陛下のご婚約者が亡くなられたのです。葬儀に参列しなければ」

ああ……。

やはり亡くなられてしまったのね、お可哀想に。

「葬儀が終わっても、しばらくはこちらにこられないでしょう。城内の勢力図が変わるかもしれません。地固めのために、様子を窺《うかが》わなければ」

お姉様は、別れを悲しむかと思った。

愛する人と離れるのがどんなことかを知っていたから。

けれど、お姉様は悲しい顔をしなかった。

「お気を付けて。大切なことですもの、お城でのお仕事に専念なさってください。私も、乗馬の練習をしておきますわ」

にっこりと微笑んで、彼を送りだした。

ジオルグ様がお帰りになってから、寂しくはないのかと尋ねると、この時ようやく悲しげな顔をされた。

「それはとても寂しいわ。でも、あの方の邪魔にだけはなりたくないの。私は何もできないのですもの」

もし自分が健康であれば、結婚はすぐにでも許されただろう。そうなれば、侯爵令嬢を妻にしたジオルグ様の立場はグンとよくなる。

けれど今は家族にも結婚を反対されている身、これでもしジオルグ様の立場を悪くするようなことをしたなら、自分は彼を不幸にする者になってしまう。

そんなことはできない。寂しさよりも、彼の立場を優先させたい。

立派な考えだった。

「いらっしゃらない間に、乗馬の腕を上達させて、彼を驚かしてあげるわ」

強くなられた。

もともと心が弱いというわけではなかったけれど、大切なものと目的ができて、とても強くなられた。

離れている間に彼を驚かすという考えには、共鳴もした。

「それなら、私はもう抜けださないで、真面目《まじめ》にお勉強をするわ。どこへ出ても恥ずかしくない、いいえ、どこへ出ても皆の目を惹きつけるようなレディになるわ」

「あなた……、まさか王妃様になりたいの？」

陛下のご婚約者が亡くなられたと聞いた後にそんなことを言ったから誤解されてしまったようだ。

窺うような目で見られてしまった。

「違うわ。誰に嫁ぐとしても、より優秀である方がいいでしょう?」

「そうね。それなら私も一緒にお勉強するわ」

二人とも、『いつか』くるであろう幸福な日々を夢見ていた。

お姉様がジオルグ様との結婚を認められ、彼が迎えにきてくれる日を。

私は、シルヴィオが王弟として正式に私に求婚してくれることを。

それは、必ず訪れる『いつか』のはずだった……。

日々は過ぎ、ジオルグ様が再び館を訪れ、お姉様の乗馬の腕も上達した。

カインお兄様がいらして、そろそろエルカードお兄様にも二人のことを話してみようということになった。

お姉様は乗馬で身体を動かしたせいか、健康を取り戻し、ジオルグ様と遠乗りにも行けるようにもなった。

季節が変わっても臥《ふ》せることはないどころか、風邪一つ引かなかった。

陛下の婚約者が亡くなられてから半年近く過ぎる頃には、すべてがよい方向に向かっていた。

私以外は。

シルヴィオと別れたあの日からずっと、私は彼からの手紙を待っていた。

最初の一週間はまだ早いわと我慢し、次の一週間はお城には私の知らない問題が沢山あるのだわと自分に言い聞かせた。

その間、ジオルグ様からお姉様には何度かお手紙が届いていたけれど。

一ヵ月過ぎて、ジオルグ様自身が訪れた時にも、私に届く手紙はなかった。

「お城のご様子はいかがです？」

少しでもシルヴィオのことが知りたくて尋ねてみる。

とても忙しいのだ、王城は大混乱だと言われれば、諦めもついた。

けれど彼から聞かされたのはそれとは反対のことだった。

「やっと落ち着いてきてね、私もこうして王都を離れられるようになった」

諦め切れず、重ねる質問。

「でも陛下たちはお忙しいのでしょう？」

「いや、もう陛下もいつも通りだ。お心を痛めただろうに、ご立派な方だ」

「陛下には弟君がいらっしゃるのでしたわね？」

「ああ、よくご存じですね、今まで影に徹して表に出てらっしゃらなかったシルヴィオ様が陛下の側近となられたので、城内の勢力図に多少変化は出ましたね」

シルヴィオ、その名前が出ただけで心が震える。

「シルヴィオ様はおとなしい陛下と違って能動的な方ですから、お二人が力を合わせれば我が国も安泰です」

「能動的？」

「行動力のある方です」

行動力のある……。

「剣技の腕も素晴らしい」

剣技……。

感じる微妙なズレ。

私の知っているシルヴィオとは違う。

彼は落ち着いていて、穏やかな人だった。

「確かにまだ城は騒がしいところもありますが、こういう言い方は悪いかもしれませんが王妃様が亡くなられたわけではありません。もう大丈夫です」

「そうですか……、それはようございました……」

胸の中に、黒い影が湧く。

何だか、とても嫌な予感がした。

カインお兄様がいらした時にも、その影は色を濃くした。

「ライアス王は知的で穏やかな方だが、それだけに若い王となめられることもあった。だが意思のはっきりしたシルヴィオ殿下がお側にいれば、そんなこともないだろう。どうしてもっと早く表に出てこなかったのか、不思議なくらいだ」

「いやいや、最初から姿を見せていたら、継承者の争いが起きると思ったんだろう。賢明な方だよ」

「それもそうか」

「だが兄である陛下が気落ちしているからと、ついに姿を見せたに違いない」

「何にせよ、優秀なお二人の仲がよろしくてよかった」

お兄様とジオルグ様との会話から思い浮かぶ『シルヴィオ』様は、サンザシの木陰で得体の知れぬ女性と穏やかに語らうことなどないように思えた。

でも、お父様やお兄様だって、お城で仕事となれば屋敷で私たちに接する時とは違う、厳しいお顔をするのだろう。

男性の目と、女性の目では見るものが違うのかもしれない。

不安が、広がる。

黒い影が大きくなる。

手紙はこない。

いつまで待っても、手紙はこない。

長くても三ヵ月と言っていて、その三ヵ月めが過ぎても、手紙はこなかったし家から私に結婚の申し込みがあったという知らせもない。

寒空の中、向かったサンザシのベンチにも誰もいない。

奥の、王家の敷地を囲む鉄柵の扉は固く閉ざされたままで、木陰の館を臨むこともできない。

お姉様が元気になるのと反対に、私は塞ぎ込み、だんだん弱っていった。

シルヴィオは、本当に私を迎えにくるのかしら？

ついにはそんな疑念を抱くまでになってしまった。


「ティアーナ、何か悩みがあるのではなくて？」

年を越し、寒さは続くが時折暖かい日も出てきた頃、お姉様が私の部屋を訪れて訊いた。

「ずっとぼんやりしてばかりだし、ため息をつくことも多いわ。身体の具合が悪いなら、教えて頂戴《ちょうだい》」

お姉様は長椅子に座っていた私の隣に座って手をとった。

「あなたは、病弱だった私についてここまできてくれた。ずっと側にいて、私とジオルグ様の恋にも協力してくれたわ。もしあなたが困っていることがあるなら、私に教えて。私にできることなら何でもするわ」

心が、疲れていた。

信じる気持ちが揺らいでいた。

だから、優しい言葉に、絶対に人に言ってはいけないと思っていたことを話してしまった。

「……私、好きな方がいるの」

その一言に、お姉様は驚いた顔をした。

けれど、さらに続く私の告白に、驚きはさらに大きなものとなった。

「私、その方と床を共にしたり……」

「まあ……」

小さな声を漏らしたお姉様に、強く抱き締められる。

「……強引に奪われたの？」

静かな声。

愚かだと、怒りもしない。

「いいえ」

「あなたの意思で応えたのね？」

「……ええ」

「その方はどなたなの？」

優しく問いかけられ、私は涙と共にすべてを話してしまった。

公園で出会った素敵な方。

最初は、ただ二人で会話を楽しみ、ただ時を過ごすだけだった。

けれどいつしか愛しあってしまった。

お互いに名乗らぬままだったから、それでも何もせず、節度を守っていた。

けれど彼が、私に正式に婚姻を申し入れてくれると言って、私たちはお互いの素性を教えあって恋人となった。

「去年、あなたが館を抜けだしていたのは、その方に会うためだったのね」

「……ええ」

「その方の身分は、お父様に認められるものだったの？」

「彼は……、王弟殿下、シルヴィオ様と名乗ったわ」

『名乗った』と言ってしまってから、自分がその言葉にも疑いを持ち始めていることに気づいた。

「シルヴィオ様？」

「彼は……、お兄様の……、陛下の婚約者が危篤で、自分は城に帰らなければならないと言ったわ。しばらく陛下に寄り添うので、こちらには戻ってこれないと。でも、手紙を書くと言っていたの」

「その手紙は？」

私は首を横に振らなければならなかった。

「一度も……届かなかったわ……」

私の身体に回っていたお姉様の腕が、また強く私を抱きしめる。

「長くても三ヵ月したら、正式にお父様に申し込んで、私を迎えにくると……」

「でもこなかったのね」

「約束の三ヵ月はとうに過ぎてしまったわ……。でも私は信じたの。それで彼が王城へ旅立つ前日、公園の奥にある王家の敷地にある小さな館で……、彼に捧《ささ》げてしまったの」

「王家の敷地に入ったの？」

「彼は鍵を持っていたわ。門の扉のも、館の扉のも」

「そう……。では王家の関係者ではあるのね、きっと」

お姉様はしばらく、私が泣くままにさせてくれた。

ずっと、誰かに相談したかった。

けれど誰にも相談できなかった。

相談したら、愚かなことだと怒られて、すべてを否定されてしまうだろうと思った。

否定されたら、揺らぎ始めている彼への信頼にヒビが入ってしまいそうでこわかった。

どうして手紙をくれないの？　どうして迎えにきてくれないの？

忘れるのがこわいと言っていたけれど、私を忘れてしまったの？

それとも……。

「辛《つら》いことを訊くけれど、その人が、偽りを言って、あなたを弄《もてあそ》んだのだとしても、ティアーナはまだその人が好き？」

一番考えたくないことを言われて、私は身体を震わせた。

彼が、『シルヴィオ』様ではなかったら。嘘をついていたら、最初から私をだますつもりだったということになる。

「好き……。彼を愛してるわ。もし彼の本当の姿が、王家に仕える召し使いだったとしても、彼が好き。どうして連絡を絶ったのかを知りたい。彼が私を……、愛していないと言うまでは、彼を愛し続けたい……」

「爵位がない方でも？」

私は頷いた。

「私が出会った彼が、お芝居でなかったのなら、名前も爵位もどうでもいいの。私は軽い気持ちで彼に身を任せたわけではないわ。そうなれば、もう他の人に嫁ぐことはできないと、わかっていました。今も、他の方に嫁ぐことなど考えられない。ただ、愛されていないのに追うことはできない。それだけが知りたいの」

お姉様は深いため息をついた。

「わかったわ。ティアーナは私が悩んでいる時、私に道を示してくれた。今度は私がそうする番ね」

「お姉様……？」

「まず言っておくわ。私はその方が王弟殿下とは思えない。けれど公園に入れたのなら、貴族ではあるのでしょう。あなたを王家の敷地に招き入れたのなら、王家に関係のある人間かもしれない」

さっき言ったことを、もう一度繰り返す。

「よければ、王家に縁のある高位貴族。でもそうだったら、あなたに連絡をとらないということは、この恋は終わりかもしれない。悪ければただの使用人、お父様がその結婚を許してくれる相手ではないかもしれない。それでも、あなたはその人と結ばれたいのね？」

「……ええ」

なぜ同じことを？　と疑問の目を向けると、お姉様は「覚悟を聞きたかったの」と言った。

「あなたにその覚悟があるのなら、あなたは明日から病弱になりなさい。私がそうであったように、お父様は身体の弱い娘を嫁がせようとはしないでしょう。しばらくはそれで時間を稼ぐことができるわ」

「お姉様……」

「このことは、私とあなただけの秘密にしましょう。あなたがそうしてくれたように、私はティアーナを全力で守ります」

私はまた、涙を流した。

今度は不安からではなく、お姉様の優しさに感謝して。

人は、誰かを守るために強くなる。

これまで私が、お姉様の幸せのために強くあろうと努力していた。

けれど今度はお姉様が強くなる時だった。

私を守る、と言った後、お姉様は強くなった。

まずお姉様はカインお兄様に、私と一緒に屋敷に戻りたいと申し出た。

屋敷、というのは領地である侯爵家だ。

自分の身体はだいぶよくなった、けれどいつまでもここにいてはまだ病弱であると思われてしまう。

馬術大会に出ることも、その理由も伝える。

自分には、結婚したい相手がいる。相手のお家の方が身体の弱い自分のことを歓迎していないけれど自分が身体が弱かったのは事実。

だから健康であることを示すために、馬術大会に出るのだと。

そして、まだ結婚には早いティアーナが、『本当に身体が弱いのは私で、お姉様はその看護に付き添ってくれていたということにしよう』と言ってくれたと。

今度は私が結婚から遠ざかるかもしれないが、私には時間がたっぷりある。

しばらくしたら私も健康になったと言えばいい。もともと私は健康なのだから、姿を見せれば誰もが私を病弱とは思わないだろう、と。

もちろん、お父様にお話しすることはジオルグ様にも相談した。

ジオルグ様は、お姉様がそこまで心を決めてくれたのなら、自分からお父様に結婚を申し込むとも言ってくれたらしい。

そうして、私たちは懐かしい我が家へ戻った。

シルヴィオとの思い出の地を離れることは寂しかったけれど、彼はもう私がグレンディン侯爵家の娘であることは知っている。

もし会いたいと思ってくれるのなら、家を訪ねればいい。

会いたくないのであれば……、どこにいても一緒だ。

お姉様の話を聞いたお父様は、とても驚いていた。

けれど、お姉様とジオルグ様が愛しあっていること、ジオルグ様がどんなことがあっても お姉様を妻に迎えたいとお父様の前で宣言したこと、カインお兄様が二人の味方となって口添えしたことで、納得してくださった。

一度だけ、私にそれでよいのかとお尋ねになったけれど、私が本当に体調を崩してしまったのですと答えると、もう何も言わなかった。

それから、私は屋敷で静かに過ごし、お姉様はカインお兄様のエスコートで、小さなパーティに出席し、お母様と茶会にも出席なさった。

ジオルグ様はお父様の命を受けてカインお兄様と王都へ向かい、事務官の登用試験を受けることにした。

役所に勤めるのではなく、王城に仕える事務官のだ。

事務官になって成果を上げれば、大臣など国の要職に就けるかもしれない。

家族の反対などというくだらないことで婚約を待たされるのは許し難《がた》い。けれどジオルグ様が自分の地位を上げるための努力をしている間待たせる、と言うのなら我慢しよう、と言われたのだ。

カインお兄様は巻き添えだったが、本人は友人に付きあうのだと言っていた。

お姉様も翌年の春には馬術大会、レーネ杯に参加し、優勝……とはいかなかったけれど、準優勝を勝ちとった。

ずっと引きこもっていた私だけれど、その時だけはお姉様の勇姿を見にでかけた。

レーネ杯には王族も観覧にいらっしゃる。

陛下と、王弟殿下も。

だからシルヴィオが本物かどうかを確かめることができるのでは、と思ったからだ。

貴賓席は遠く、はっきりとその顔を確かめることはできなかったが、少なくとも私は『彼だ』と思った。

私は病弱であらねばならず、その後の祝賀会に出席することはできなかった。

もし出席できれば、もっと近くで顔を見、言葉を交わすこともできたのに。

夜、祝賀会から戻られたお姉様から話を聞くのがせいぜい。

「私が、グレンディン侯爵家の娘と知っても、シルヴィオ殿下は何もおっしゃらなかったわ。表情も変えなかった。やっぱり偽者だったのよ」

いいえ。

あれは彼だったわ。

彼だったと思うわ。

でも確証はない。

もう少し近くで見られれば、もっとはっきりするのに。

どうしてなの？

あんな誠実だった彼が、なぜ連絡をくれないの？

お城に行ったら、私にはわからない大変な問題があるのかもしれない。

お兄様である陛下が婚約者を亡くしたのだから、弟である彼が結婚を口にすることが憚られるのかもしれない。

でもだとしたら、それを手紙で伝えてくれればいいのに。

それとも、手紙を書くこともままならない問題が起きているの？

シルヴィオの気持ちがわからない。

私は彼を愛している。

彼が何者であっても。

彼が王弟殿下だと知る前から、彼を好きだったのだもの。

彼だって、私を愛してくれた。

あの木陰の館で、妻にすると言ってくれた。

あの言葉を信じている。

何か言って。

何か伝えて。

それがどんな答えでも。

どうして何も言ってくれないの？　どうして何もしないの？　私のことはもう忘れてしまったの？

忘れるのがこわいと言っていたのは、お城へ戻ったら忙殺されて私を忘れるという前置きだったの？

時間だけが過ぎてゆき、私だけが取り残される。

お姉様は正式に社交界にデビューし、王城のパーティにも出席した。

侯爵令嬢としての地位を固め、年が明けるとカインお兄様とジオルグ様は揃って王城の執務官に役職をいただき、出仕することになった。

自らの地位を獲得し、お姉様が健康であることも証明し、ご家族の同意と祝福を得たジオルグ様は、正式にお姉様に求婚した。

お父様もそれならばと二人をお認めになり、年が明けたら婚約を発表する運びとなっていた。

「健康になったミルフィには、いくらでも他の相手を探すことができるのだぞ。私が君を選んだことを後悔させるな」

とキツイ一言を付けて。

それでも、二人は幸福そうだった。

未《いま》だに、シルヴィオからの連絡はない。

馬術大会の時に、グレンディン侯爵の娘が姉妹揃って王都にきているというのは、噂《うわさ》にもなったとお兄様から聞いている。

彼は、私がここにいることを知ったはずだ。

なのに彼に会うことはできない。

お城にいるのが彼本人だとしても、私はそこには行けない。

……そうかしら？

私がお城に行って、直接彼に問いただすことは本当にできないかしら？

問いただすことが無理でも、会えば彼が私をどう扱うかがはっきりする。

謝罪したり無視したりされたら、終わり。でも、今まで何もしてこなかった理由を説明してくれるかもしれない。

そうよ。私を妻にすると誓ったのだもの、彼には私に説明する義務があるはずよ。

そう考えると、長く私を包んでいた悲しみは、その悲しみが深かっただけに不義理をしている彼への怒りに変わっていった。

彼に会って、直接話を聞こう。

そのことだけを考えるようになった。

なので、私はお父様に、体調も戻ってきたので、外に出たいと申し出た。

もし私に結婚の話が持ち上がったら、その時はすべてをお父様に話してしまおう。怒られることがこわくて隠しているわけではない。他の人に嫁ぎたくないから隠していただけだもの。

結果、お父様が私を修道院へ送るなり、嫌な相手と結婚させようとするのならそれもい い。彼以外に嫁ぐのなら、何でも同じだもの。

お母様やお姉様と一緒にいくつかのパーティに出て、王城のパーティに呼ばれてもおかしくない娘だとアピールして、一度だけでも彼とダンスを踊れればいい。

踊っている時に、彼に『私をどうするつもり？』と訊くことぐらいできるだろう。

そのためには王城に招かれるのに、王弟殿下と踊るのに遜色《そんしょく》のない女性にならねば。

お姉様の結婚は決まり、私には病弱『でなければならない』理由はもうない。

大きな席には出なかったが、いくつかのパーティに出席し、サロンにも顔を出し始めた頃、その話をお父様が持ってきた。

「陛下が新しいお相手を探されるらしい」

先の婚約者の方が亡くなって、二年以上経つ。

王には跡継ぎを作る義務がある。

未だ悲しみが残っていたとしても、結婚は政務なのだ。

「主だった貴族の娘を集めて、花嫁選びをするそうだ。ティアーナ、お前はどうする？」

陛下と結婚したいとは思っていなかった。できるはずもないこと。

けれどそれを理由に、お城へ上がれる。

陛下の花嫁候補なら、シルヴィオに会う機会ができる。

「私より素晴らしいお嬢さんは多くいらっしゃると思いますけれど、これも経験だと思って参加させていただきたいですわ」

シルヴィオ様に会うために。

ただそれだけのために、私は陛下の婚約者候補として城へ向かうことに決めた。


そして今、私はお城の中にいる。

正式なエスコートなら、カインお兄様より次期侯爵であるエルカードお兄様のほうが相応しいであろうということで、隣に立っているのはエルカードお兄様だ。

国王陛下が新しい婚約者を探しているという話を聞いてから、二ヵ月が過ぎ、季節は春になり始めていた。

まだ日が暮れると少し肌寒いと思っていた。

けれど、お城の中に入ると、そんなことはここでは関係ないのだと気づいた。

たとえ外が猛吹雪でも、ここは温かく明るいのだろう。

廊下の天井に続くシャンデリア、そこここに置かれた鉄製の飾りランタンは、照明ではなく暖房として置かれているのだろう。

その炎を守るように必ず傍らには衛士が立っている。

その中を、私とお兄様はしずしずと奥へ向かう。

「お前は王城は初めてだったね」

「ええ」

「では驚くだろうが、それを顔に出すのではないよ」

「驚く？　いくつかのパーティには出席してまいりましたわ？」

「王城のそれは、桁違《けたちが》いだからだ」

お兄様のその言葉は本当だった。

案内され、人々が流れ込んでゆく大きな扉の向こうは、まるで別世界。

廊下のシャンデリアなど燭台《しょくだい》にしか見えなくなる大広間の巨大シャンデリア。

ただ大きいだけではない、飾りのクリスタルの雫がきらきらと光ってとても美しい。

いいえ、まずこの大広間の広さよ。

我が家だって、とても大きな屋敷であると自負がある。その大広間は、他家のパーティに出席して、自分がどれほどの家の人間だか再確認したくらいだ。

その我が家の大広間と比べても、ここは大きかった。

磨かれた白い大理石の床は、天井のシャンデリアの明かりを照らし、壁を飾るタペストリーは一大叙事詩を描いた連作。あれは王国の成り立ちである風の女神と始祖の王の契約だわ。

貴族なら、必ず子供の頃に読み聞かされ、王の冒険譚《たん》に夢を馳《は》せるものだ。

その壁際に揃えられた休憩用の椅子は赤いベルベット張り。一体いくつあるのかわからないけれど、ズラリと並べられているのは壮観だ。

その椅子の合間合間に、白いサイドテーブルが置かれ、あるものには花が活《い》けられ、あるものにはグラスが置かれている。

大広間の片隅には楽団。

片隅と言ったけれど、とても『隅』に入り切るような人の数ではない。

その大勢が奏でる楽曲は、この広さの空間を満たすのには充分だった。

「素晴らしいわ」

驚くな、と言われたので表情は崩さずに感想を口にする。

「そうだろう」

まるで自分の手柄のように、エルカードお兄様が答える。

「王妃になる、ということはここにいる者たちを統《す》べる女性になる、ということだ。覚悟がいることだぞ?」

「あら、統べるのは陛下だわ」

「王妃もそれに同じだ。お飾りではいられない」

「でも我が国は戦争もなく、隣国との関係も良好だもの、王妃様に求められるのは王を癒やすことではないかしら?」

「そういう考え方もあるな」

お兄様は、私を壁際へ連れていった。けれど椅子には座ることはできない。まだ国王陛下がお見えになっていないからだ。

場内も、音楽に交じって小さなさざめきは聞こえるけれど、皆立って待っていた。

「陛下を癒やすなんて、いつ考えたんだ?」

「特にいつということはないのですが……。陛下こそ人を統べる方、そして誰にも頼ることのできない方ですから、きっと癒やされたいのでは、と思っただけです」

シルヴィオがそうだった。

彼は、王城に行って戻ってきた時、城での人付きあいは得手ではないように言っていた。

私と話す時は、お兄様のことと、私のことばかりで、政治向きのことは一切口にしなかった。お城は仕事の場で、私には癒やしを求めていたのかもしれない。

……もし彼が偽者だったり、本物でも私を妻にする気がなかったのなら、話せなかったというだけかもしれないが。

「女性が力を持ちすぎると、もめごとになるって、昔お父様が言ってらしたわ」

「それも一理あるな。だが先代の王妃様は聡明《そうめい》で……っ、陛下のおなりだ」

音楽もさざめきも、一瞬にして消え、辺りを静寂が支配する。

「ライアス国王陛下、並びにシルヴィオ王弟殿下、ご出座」

知らせの声と共に、ファンファーレが鳴り、新しい曲が流れる。

正面、深紅の絨毯《じゅうたん》が敷かれた一段高くなった場所に、二人の男性が姿を現す。

お一方は、白と金の礼服に身を包み、もうお一方は青と銀の礼服。王冠を載せていなくても、その配色だけでどちらが王かわかる。

でも私には、服の色などではなく、その顔で、判別がついた。

二人とも、金色の髪に青い瞳だけれど、白と金の礼服の男性は、おとなしく穏やかそうな顔立ちで、髪は真っすぐ。

青と銀の礼服の男性の髪はわずかに巻いていて、その表情は険しい。まるで周囲に潜んでいる敵を探そうとしているように、会場を一瞥《いちべつ》した。

その時、私と目が合ったように思ったのだけれど、視線は止まらなかった。

「今日は皆、集まってくれてありがとう。私の気鬱《きうつ》を晴らそうと弟が考えてくれた宴《うたげ》だ。

皆も存分に楽しんでくれ」

静かな、優しそうな声だった。

当たり前なのだけれど、これだけの人を前にしてとても落ち着いていらっしゃる。

お言葉を述べた後、陛下が着座すると、王弟殿下、シルヴィオが前に出た。

「陛下も私も、今夜は踊らない。だが我らが、皆が楽しむ様を『観覧するのが』今夜の目的だ。どうか楽しんでくれ」

その言葉が終わると、皆がお二人に向かって頭を下げ、音楽はダンス曲に変わった。

そう……。シルヴィオは踊らないのね。それでは話ができないわ。

「お兄様、もう少し陛下たちに近づいてはいけないかしら？」

隣に立つお兄様を見上げると、エルカードお兄様はとんでもないという顔をした。

「何を言ってるんだ。ここにいるのは皆、婚約者候補だぞ。抜け駆けをした、と思われて心証を悪くするだけだ。それより、殿下がおっしゃってただろう。お二人が今夜我々を観覧することが目的だ、と。つまり、ここでの態度やダンス、直接に見る容姿で次を決められるのだ」

「次を決める？」

「これはまだ内密だが、ここで選ばれた何人かは、陛下のお住まいでもある奥の離宮に招かれる。そこで最終選考だ」

お兄様は重職にあるので、今回の流れをご存じなのだわ。

「さあ、選考に残りたければ美しく踊るといい。相手が私では力不足かもしれないがな」

「とんでもないことですわ。私の相手では役不足でしょう」

誘う兄の手をとって、私はフロアに躍り出た。

ここで選ばれなければ、シルヴィオと話す機会は与えられない。

反対に、ここで選ばれれば奥の離宮に招かれる。

奥の離宮とは、王城に繋がる建物で、王家のお住まい。そこに招かれるということは、直接言葉を交わす機会が絶対にあるはず。

「私、頑張りますわ」

シルヴィオが王弟殿下だと聞かされてから、王弟殿下の妻に相応しくなろうと、いろんなことを学んできた。

歴史や政情、経済や外国語、乗馬、声楽、ピアノ、マナー、もちろん、ダンスもだ。

彼に裏切られたかも、と不安に思う時も、その不安を打ち消すために勉学に没頭した。

その成果はあるはずだ。

誰よりも美しく華やかに。……いえ、本当のお妃《きさき》候補の邪魔にならぬ程度に少し控えめに、私は踊った。

あなたのために踊るのよ、シルヴィオ。

私に目を留めて。

私だと気づいて。

今夜は誰とも踊らないと言っていたけれど、私だとわかったらダンスに誘いにきてくれるかもしれない。

そんな淡い期待を抱きながら、私は初めての王城のパーティを過ごした。

女性たちだけの集まりでもソツなく会話をこなし、他の殿方ともダンスを踊り。別にきていたお父様とお母様と一緒に、他家のお歴々に紹介された。

とても上手くやっていたと思う。

けれど、シルヴィオが私の前に立つことはなかった。

遠目でも、何度か目が合ったように感じたけれど、その時も顔色一つ変えた様子は見られなかった。

あなたを追って、ここまできたのよ。

あなたが何を考えているかわからないけれど、わずかな怒りと悲しみもあるけれど、やっぱり私はあなたを愛しているの。

あなたを想うだけで、切なくなるほどに。

だから、すべてをはっきりとさせて。

私はこの愛を抱いていていいのか、忘れるべきなのか。

あの時のあなたが嘘ではなかったと思わせて。

そんな言葉を、彼の耳に届けることはできなかった……。


数日後、王室から奥の離宮への招待状が我が家に届いた。

シルヴィオと言葉を交わすことはできなかったけれど、お妃候補の選考には通ったようだ。

お父様たちは、当然だと言いながらも喜びを見せてくれたが、お姉様は違った。

「あなた、本当に陛下に嫁ぐつもりなの？」

事情をすべて知っているお姉様としては、心配なのだろう。

だから、私はお姉様だけには真実を口にした。

「まさか。私は愛する人にしか嫁ぎませんわ」

「でも……」

「王城へ行って、シルヴィオと直接話をするためには、この方法しかなかったの」

「もし王妃として選ばれてしまったら、どうするの？」

「正直に陛下にお話しするわ。その後でどんなお叱《しか》りを受けたとしても」

「……ティアーナは、それでいいの？」

「ええ。私、彼を愛したことを後悔だけはしたくないの。どんな結果に終わっても」

それでも、お姉様の心配は晴れなかった。

私が奥の離宮へ移る時も、強く抱き締めて「あなたが幸福を手に入れられますように」と祈ってくれた。

大丈夫。

私は強くなったわ。

ただ泣いてばかりいた頃とは違う。

自分が動かなければ、何も手に入らないことを知っている。

真実がすべて甘いとは限らないことも理解できるようになった。

自分がしようとしていることは、よい結果を招かないかもしれないことも、想像している。

それでも、私はシルヴィオに会いたかった。

会って、話をしたかった。

「皆様にはこちらの西棟で生活をしていただきます。本棟は陛下方のお住まいですので、無闇に足を踏み入れませんように。出入りの扉の前には衛士が立っているので止められます。彼らは皆様より身分は下ですが、お役目は王命ですので、皆様の足を止める権限をお持ちです」

離宮には、二十人ほどの女性が集められていた。何《いず》れ劣らぬ美姫《びき》ばかり。

何度か顔を合わせた方々も多くいた。中には親しい友人となっていた方もいたので、少しほっとする。

最初に通されたのが、この広間だった。

「お庭は自由に歩くことができます。お庭には境がありませんが、本棟の建物に入る場所にも衛士がいます。温室も立ち入りは許可されています。皆様方のお部屋は自由に行き来なさってかまいません」

年配の女性は、教師のように私たちを前に滔々《とうとう》と話し続けた。

「侍女をお連れになりたかった方もいらっしゃるでしょうが、こちらにも優秀な侍女もメイドも揃っておりますので、我が家の者としてご自由にお使いください。お食事は食堂で摂りますが、お望みの方にはお部屋にお運びすることもできます。お茶などもお気軽にメイドにお申し付けください。他に何かわからないことなどございましたら、私、ホーマンにお尋ねください」

　この離宮で暮らす心得と説明をし終えると、ホーマン夫人は、各自のお部屋へ案内するよう、広間の後ろに控えて待っていたメイドに申し付けて部屋を出た。

「侍女を連れてこさせなかったのは、そういう細かいところまでお城の侍女に観察させるためでしょうね」

　友人のグレマン侯爵家の令嬢、エディラさんがそっと声をかけてくる。

「恐らく」

「これからは皆がライバルというわけね。意地悪されないようにお気を付けて」

「まあ、王妃様になろうという方がそんなことをなさると？」

「王妃様になりたいのに、まだなれてはいない方々だからよ。私やティアーナさんは家の命令でしょうけれど、中にはご本人が望んでらっしゃる方も多いでしょう。もしかして、ティアーナさんもそうなのかしら？」

「一度陛下とお言葉を交わしたいと思うくらいね。私は王妃にはなれないわ」

「ご謙遜《けんそん》を」

　私の言葉の本当の意味を知らないから、彼女は笑った。

「ああ、順番がきたわ。お先に失礼」

　メイドたちに案内され、次々に女性たちが出ていく。

私の番になると、まだ若いメイドがまず謝罪を口にした。

「ご案内が遅くなって申し訳ございません。お部屋の遠い方からご案内しておりますので」

「気にしていないわ」

恐らく、部屋は実家の爵位や立場などで決められるのだろう。

これからも何度か集められる広間や、食堂に近い場所は出入りするのに便利だが、騒がしい。かといって遠ければ面倒。

遠くの部屋の人は早くに案内されたという優越感があり、残った人々は『お近くで便利な部屋です』とでも説明されるのだろう。

そして私の部屋は、広間から近いが、庭に突きだした、採光のよい部屋だった。

「こちらはアマリリスの間でございます。通常赤い花が好まれるそうですが、こちらは白いアマリリスで飾られております」

メイドの言葉通り、部屋は白い大きなアマリリスの壁紙に、家具にもアマリリスの花の細工が施されていた。

ただ、花の季節には少し早いから、飾られていたのはバラだったが。

「そちらからは、直接お庭に出ることもできます」

サンルームのように突き出た場所には、小さな椅子とテーブルが置かれていた。

「あちらが寝室になります。寝室が別のお部屋は少ないのですよ」

私のお父様は政務官筆頭の侯爵、私の扱いは特別ということね。

「お風呂《ふろ》はこちらの扉の向こうです。湯浴《ゆあ》みをなさる時は、どうぞ入り口の紐《ひも》を引いてお呼びください。お着替えなどは侍女が参ります。今夜のご夕食は皆様で、とのことですので、後程参ります」

「素敵なお部屋だわ。とても気に入りました」

「ようございました。それでは、すぐにお茶をお持ちいたします」

一通りの説明が終わってメイドが出ていったので、私は自分で部屋を散策した。

彼女の言った通り、寝室は別で、とても広いベッドだった。

この部屋の壁紙もアマリリスだし、ベッドカバーには淡いピンクのアマリリスが刺繍されていた。

クローゼットには、既に運び込まれていた私のドレスや装飾品がしまわれている。

でも、私が一番喜んだのは、庭に続くサンルームだった。

お庭は、王室の棟とも繋がっている。それならば、シルヴィオが歩いたところを歩けるかもしれない。

「彼は、きっとこちらで育ったのね」

あまり、自分のことを話さない人だった。

私は自分のことを聞いてもらえるのが嬉しくて、そのことに気づかなかった。

もっと、聞いておけばよかったわ。

お茶が運ばれ、夕食までは自由時間だと聞かされたので、お茶を戴《いただ》くと早速庭に出ることにした。

建物の前は綺麗に作られた内庭が囲んでいたが、そこを抜けると、散策用の小道に出る。

「あの公園に似ているわ」

あちらがここを真似《まね》たのだろうけれど、どこか懐かしさを感じる。

ドレスで歩くのに充分な広さのある道は、時折開けた場所を用意していて、そこには休憩用のベンチが置かれていた。

だが時々ドレスで抜けるにはちょっと狭い、道の入り口もあった。

無理をしてそこへ入ってゆくと、まるで小部屋のようなぽっかりとした空間がある。

これは、密会用の場所かしら？

恋人たちの密会だけでなく、殿方が密談にも使いそうだ。

そこから出て、また先ほどの道を進むと、大きな広い庭園に出た。

「素敵……」

幾何学的な作り込みがされたその庭が、一番美しく見えるであろう正面には、白い建物が見えていた。

あれがきっと陛下のお住まいの、本棟ね。

あそこにシルヴィオがいるのだわ。

やっと……、ここまできたわ。

あなたがこないから、私がきたのよ。

まだ遠い道だけれど、私は絶対にあなたと会ってみせる。

「でも今は戻らないとね……」

私は道に迷わぬよう、元きた道をゆっくりと戻った。

焦ってはだめ。

きっといつか彼と会える日がくるわ、と。


婚約者候補の時間は、自由だった。

基本的に食事は食堂でいただくことになっているが、ホーマン夫人が言った通り、部屋で食べることもできる。

食堂では、そのホーマン夫人が同席した。

エディラさんは王都で生まれて王都で育った方なので、いろいろなことを知っていて、ホーマン夫人が伯爵夫人であること、ご主人は王室の司書を務めていることを教えてくれた。

集められた二十人は全員が伯爵以上の家の方で、学識もマナーも一流。

人見知りする方もなく、よく皆で集まってはいろんなお話をした。

というか、ティールームに集まってはお喋《しゃべ》りをする以外にすることがなかった、と言った方がいいかもしれない。

もちろん、そのティールームにも侍女の目と耳がある。

「私、考査のようなものがあるのだとばかり思ってましたわ」

「そういうのは既に調べられているのじゃないかしら？」

「あら、どうやって？」

「家庭教師に訊けばいいのよ。あちらのお嬢さんのオツムの具合は？　って」

「あら、嫌だわ。オツムだなんて」

私も、こちらに呼ばれた時、すぐにでも陛下やシルヴィオに会えるものだと思っていた。けれどどうやらそうではないらしい。

「ここで生活態度を見るのだと思うわ」

皆よりも少し年上のローラさんが言った。

この方も、エディラさんと同じように王都育ちの方だ。

「生活態度？」

「食べ物の好き嫌い、起床就寝の時間、他の方と親しくできるかどうか」

「王妃に相応しいかどうか、ね」

「そのために彼女たちやホーマン夫人がいるのよ」

ローラさんはちらりと壁際に立っている侍女を見た。

「亡くなられたエチエンヌ様は、とても聡明でしっかりした方だったわ。私は親しくしていたのだけれど、よい意味で男の方のようにしっかりした方だったわ」

「あら、それって私たちでは無理、とおっしゃってるの？」

「そういうわけではないわ。そう聞こえたのなら、ごめんなさいね。ただ彼女と比べられることもあるでしょうから、選ばれたいのならしっかりしないといけないというだけよ」

エディラさんの言う通り、時折小さな火花も散る。

どうやら、あまり興味がないのは私とエディラさんだけらしい。

エディラさんも、家の命令のように言っていたけれど、この集まりには積極的に参加していた。

私は、午前中はこの集まりに参加していたが、午後には庭に出ることにしていた。

一つには、『私は戦意喪失しています』という意思表示だが、この庭を歩いていると公園での楽しかった日々を思いだすからだ。

　私が午後に部屋から出てこないことを気にかける方もいたので、正直に庭を歩いているのだと教えた。

　すると、もしかしたら散歩中の陛下にお会いできるかも、と何人かの方は同じように散歩を楽しまれるようになった。

　会話の題材も尽きてきたのか、お部屋で本を読まれる方や、楽器を嗜《たしな》んで時間を過ごす方も現れた。

　一週間ほどすると、その様子を見ていたホーマン夫人から、朝食の席で新しいお達しが下った。

「皆様、ご退屈と折りあいをつけてらっしゃるようですから、明日から順に陛下とのご面会を用意しようと思います」

　この発表には、皆が色めき立った。

「パーティか何かですか？」

「何人ずつですの？」

　質問を投げかける方たちを制して、彼女は続けた。

「お一人ずつ、直接お言葉を交わしていただきます。時間は会話が弾めば長くなるでしょう。特に制限はございません」

ということは、会話が弾まなかったら、すぐに終わりということね。

「順番はどうなりますの？」

ローラさんが尋ねると、ホーマン夫人は侍女に箱を持ってこさせた。

平たく大きな箱の中には、結ばれたハンカチが沢山入っている。

「このハンカチには、番号が刺繍されています。これを皆様に選んでいただいて、その番号の順、ということになります」

「公平なくじ引きね」

「然様《さよう》でございます。ではどうぞ、お近くの方からまずはハンカチをおとりください。ただ、まだ開かないように」

言われて、近くにいた方から順にハンカチをとってゆく。

私は最後に残った一つをとった。

「アン。皆様の順番を記録なさい。さ、どうぞ皆様ハンカチを開いて番号をお示しください」

皆、少し苦労しながらハンカチの結び目を解《ほど》き、番号を確認してからそれを広げてアンと呼ばれた侍女に見せた。

「一番だわ。これは『一』よね？」

一番を引き当てた方は、喜びの声を上げていた。

私は、十五番だった。

お会いするのが明日、ということはなさそうだ。

「ティアーナさんは何番でした？」

「私は十五番。エディラさんは？」

「私は八番。少し時間があってよかったわ。遅い方が準備もできるでしょう？　一番で浮かれている方は、今夜が大変ね」

「遅い方が得、ということ？」

「それはどうかしら？　早くお会いした方が印象には残るでしょうし。何人も会ってウンザリというお顔をされたら残念だわ」

「それなら、八番は丁度いい番号でしたわね」

彼女は肯定するようにふふっと笑った。

「それでは、皆様、ご準備がある方もいらっしゃるでしょうから、どうぞお戻りください」

散会を告げられて、五番までを引いた方々はそそくさと食堂から出ていった。

残った者は、自然皆でティールームに移動する。

私も、お会いする時の作法などに参考になることがあるかも、と同行した。

けれど、今度はあまり会話が弾むことはなく、一人欠け、二人欠け、残ったのは私とローラさんだけだった。

「ティアーナさんはお部屋でドレス選びをなさらないの？」

「私はもっと後の方ですから。ローラさんは？」

「今更ドレスの色で悩んでも」

「でも、陛下のお好みの色とか……、わかりませんわね」

自分で言っておきながら、答えのないものだと笑った。

「緑よ」

けれどローラさんはその答えを知っていた。

「え？」

「陛下のお好みの色は緑」

「まあ、よくご存じで」

「エチエンヌ様とご一緒に何度もお会いしたもの」

「ではローラさんは緑のドレスをお召しになるのですね。瞳の色も綺麗な緑だから、きっとよくお似合いですわ」

私の言葉に、ローラさんは静かに笑った。

「今更ドレスの色で悩んでも、と言ったでしょう？　陛下のお相手はドレスの色で決まるわけではないわ。強い心と忠誠心が必要になるだけよ」

「愛情、ではなくて？」

彼女は、今度は皮肉っぽく笑った。

「それが一番手に入らないものかもしれないわね」

「どうしてです？」

私が重ねて尋ねた時、先ほど皆さんと一緒に出ていった侍女が戻ってきた。

ローラさんはそちらに目をやると、笑みを消し、立ち上がった。

「くだらないことを言ってしまったわね。気になさらないで。王妃とは、誰かの妻ではなく、そういう役職だと言いたかっただけよ」

「ああ、それはよくわかりますわ」

今の話は、侍女に聞かれたくないものなのだろう。なので調子を合わせて頷いた。

「王妃様って、大変ですわね」

彼女もこちらの気遣いがわかったのだろう、再びにっこりと微笑んでからティールームを出ていった。

一人残された私に、侍女が「お茶をお召し上がりになりますか？」と尋ねたので、それを断って私も部屋へ戻った。

ローラさんの話は、他愛のないものだったと思う。

陛下の好きな色は緑。ローラさんはエチエンヌ様と親しくしてらして、一緒に何度も陛下とお会いになっていた。だからそのことを知っていた。

こんなこと、人に聞かれて困ることではないわね。

となると、その後の、愛情は手に入らないとか、強い心と忠誠心が必要、と言ったことかしら？　でもそれだって、特別な話ではないわ。

最後に彼女が言っていたように、確かに『王妃』とは役職でもあるのだもの。

それに、愛情があれば結婚できるわけではない、というのは貴族なら誰でも受け入れていることだわ。

気にしすぎかもしれない。

彼女の視線には、意味などなかったのかも。

私は部屋へ戻ったが、することもなかったので、いつものように庭へ出た。

先日、とても素敵な場所を見つけたのだ。

そこは、私たちのいる棟からも、本棟からも離れたところにある、『密会の小部屋』のうちの一つだったが、何とサンザシの木に囲まれていたのだ。

まだ花は咲いていなかったが、置かれたベンチはあの公園に置かれていたのと、とてもよく似ていた。

もしかしたら、彼が最初にあそこに現れたのは、ここと似た場所だったからかもしれない。

早くそこへ行きたくて、足早に歩いていると、いくつめかの開けた場所に人が立っていた。

男の人だ。

相手は、私の足音に気づいて振り向いた。

……ああ。

何という偶然かしら。

会うためにずっと努力していた相手と、こんな場所で会えるなんて。

「シルヴィオ……様」

思わず名を呼んだが、植え込みの向こうに誰がいるかわからないから、『様』を付ける。

金色の髪、青い瞳、意思の強そうなしっかりとした眉《まゆ》。何度も重ねた唇。

もう間違えない。彼は『かもしれない』ではなく、シルヴィオその人だわ。

「初めまして……」

見えない視線を気遣って、私は儀礼的にドレスを摘まんで頭を下げた。

「初めまして。西棟に集められた方ですね」

彼は目を細めて微笑んだ。

でも、私の知っている微笑みとは違う。

「グレンディン侯爵家のティアーナです」

私よ。

ティアーナよ。

叫びだしたい衝動を抑えて、名乗る。

「ティアーナさんは散歩ですか？」

「ええ。ここはとてもよいところですから」

「それを聞いたら庭師が喜びます。大庭園の方は見ましたか？」

「拝見いたしました。でも足を踏み入れるのは気後れしてしまって」

「侍女を連れていけばいいですよ」

ねえ、どうして？

どうしてこんな社交辞令みたいな会話を続けるの？

本当に、木陰に誰か潜んでいるの？　護衛の人とか。

とってつけたようなその笑みはなぜ？　優しさがあふれてくるような、あの微笑みはどこへ行ってしまったの？

ベンチがあるのに、私に椅子を勧めることもしない。立っている場所から一歩たりとも近づこうとしない。

「女性は、温室の方が気に入るのではありませんか？　行かれましたか？」

「いいえ。温室はまだ。私はこういう小道を歩く方が好きですの。時々小さな空間が隠れていますでしょう？　それも面白いと思って。まるで密会の小部屋だわ」

「それに気づいてここに入って来たのですか。女性は気づかないと思ってました」

だって、あの場所に似ているでしょう？

わからない？

「でも温室ではお茶をいただくこともできますよ。ここには何もない」

何もない？

思い出も？

私は目の前にいるのに。

「シルヴィオ様は、結婚を考えるお相手はいらっしゃらないのですか？」

私を妻に、と言った言葉を忘れていないのなら、せめて『いる』と答えて。

それが私だと、まだ言わなくてもいいから。

けれど、私の問いに、彼は顔を曇らせた。

今まで見たこともない険しい顔で、冷たい視線を向けた。

「あなたは陛下のお相手として呼ばれた方だ。私に誘いをかけるような言葉は慎まれた方がいい」

「え……？」

あまりのことに、身体が固まる。

今、何て？

「そのつもりで言ったのではないとしても、密会だの何だのと言った後で私に相手を尋ねるのは、誤解されるものだと覚えておかれよ。では失礼」

私の驚きを見て言いすぎたと思ったのか、わずかに執り成す言葉を置いて、彼は立ち去った。

他の言葉はなく、一度も振り向かずに。

……陛下のお相手？

誘いをかける？

蔑《さげす》むような、拒絶するような、冷たい視線。

彼は……、私とのことをなかったことにしようとしているのだわ。断ることもせず、謝罪することもなく、最初から何もなかったことにしようとしているのだ。

衝撃だった。

悲しいという気持ちよりも先に、頭が真っ白になった。

理由がある。と思っていた。

彼が私と連絡をとらなかったのは、求婚に現れなかったのは、何か理由があるのだろうと。

だから、会えばそれを聞くことができると思っていた。

お仕事が忙しかった、陛下のことで問題があった、ご病気だった。

いいえ、それが他の人を好きになってしまったでも、もう愛していないのだでも、待っていた私に一言くれると思っていた。

でも彼は、何も言ってくれなかった。

他人を見る目で私を見て、近づくなと言い捨てたのだ。

今の私の役目、陛下の婚約者候補に徹しろと。

涙も出なかった。

目を見開き、呆然《ぼうぜん》としたまま、私はとぼとぼと部屋への道を引き返した。

信じたくない。

信じられない。

でもこれは現実なのだ。

私を抱いて、愛していると、妻にすると言った人はもうどこにもいないのだ。

まるで夢遊病者のようにふらふらと部屋へ戻ると、寝室へ行き、ベッドに倒れた。

シルヴィオ。

シルヴィオ。

シルヴィオ。

頭の中に、彼の名前と遠い日の思い出が駆け巡る。

次から次へと、過ぎた時間が蘇《よみがえ》る。

私の前で転んでしまった彼。それでも私の涙を気遣ってくれた彼。話を聞いてくれて、優しく微笑んでくれて。

礼儀正しく距離を置いていたのに、自分の身分を明かしてからは恋人だと言ってくれた。

別れる前の甘い時間。

そのすべてがガラスに描かれた絵のように砕け散ってゆく。

胸が張り裂けそう。

ようやく追いついた悲しみが、涙を流させる。

一度零れてしまうと、涙はとめどなく溢《あふ》れ出た。

世界のすべてが、涙の中に沈んでゆく。

シルヴィオ……。

私の恋は終わってしまった。

けれど、私の愛は、まだ終わらせることができない。まだ私は彼を愛している。どんな態度をとられても。

それだけに、悲しみは私から離れることはなかった……。

その日は昼食も夕食も部屋で摂らせてもらった。

翌日は何とか朝食の席に出たが、人と話す気になれず、沈んだままだった。

けれど今日から陛下との謁見が始まるということで、順番の早い方々も緊張からか、部屋で食事を摂られたり、食堂にきても言葉少なだったので、目立つことはなかった。

エディラさんだけが声をかけてきたけれど、今更ながら緊張してきたのだと言うと、その言葉を信じて笑ってくれた。

その日は何とかお昼も皆と一緒に摂ったが、夕食はまた部屋でいただいた。

これから……、どうすればいいのだろう。

何をすればいいのだろう。

シルヴィオがもう一度私の元に戻ってきてくれることはないのかしら？

あの態度は間違いだったと言ってくれないかしら？

もしかしたら、彼は私のシルヴィオではないのかもしれない。本当によく似た別人かも。

私のシルヴィオは偽者で、だから出てくることができないのかも。

会って、言葉を交わして、その顔も、その声も、『彼』だと確信したのに。まだ私は逃げ道を探している。

シルヴィオが私にあんな冷たい態度をとるはずがない、と。

あれは何かの間違いだったのだと。

でも……。

そんな言い訳には縋《すが》れない。

だって、あれは『彼』だったのだもの。

思いだす愛《いと》しい日々が幸福だっただけに、苦しい。

これから自分がどうすればいいのかわからない。

もう一度会って、今度は直接尋ねてみる？

あの公園での、木陰の館での時間は何だったの、と問い詰める？

彼の心はもう冷えきっていて、すべてを捨てているのに？

でも、あの時間が芝居だったとは思えない。

現実を現実と認識しながら受け入れることができなくて、いつまでもぐるぐると同じようなことばかり考えてしまう。

心の中にぽっかりと大きな穴が空いている。

空虚で乾いたその穴に私自身呑み込まれたら、何も考えなくなれるかしら？

悲しみを隠して人前で笑えるようになった頃、ついに私の順番が回ってきた。

ライアス国王陛下との謁見。

彼の家族に会う、その時が。


ドレスは、濃い青にした。

華やかさにかけるかもしれないけれど、今は明るい色を着る気になれなかったので。

でも胸に散るビーズの刺繍と袖口《そでぐち》のレースは、華やかに見せてくれるだろう。

呼びにくるまで部屋で待機していると、お昼を過ぎた後に、ホーマン夫人がやってきた。

「ご案内いたしますので、どうぞ」

彼女に付いて、長い廊下を本棟へ向かう。

衛士の立つ扉の向こうは渡り廊下になっていて、本棟の方の扉の前にも、衛士がいた。

そこには男性の従者が待っていて、私をホーマン夫人から引き継ぎ、さらに奥へと案内してくれた。

美しい場所。

全体的にゆったりとした作りで、廊下なども西棟より広くとってあるのではないかしら？

　思っていたよりも派手さはないが、その分上質な美しさを感じる。

　一見無地のように見える壁紙に細かなアラベスクが施されていたり、通りすぎる扉のドアノブも、一つ一つ違う意匠が凝らしてあったりするように。

　侍従は、その扉の一つの前で立ち止まり、ノックをした。

「お嬢様をご案内してまいりました」

　中から、「お入り」と声がし、侍従が扉を開ける。

　中は、光に満ちた部屋だった。

　広すぎない部屋は、謁見の間というより普通の居室にしか見えない。

　天井にも壁にも、白い百合《ゆり》の花が描かれ、その花々を照らす陽光が大きな窓から差し込んでいる。

　部屋に合った白いテーブルの上にティーセットが用意され、テーブルの向こうに陛下、こちら側に私が座るべき椅子。

　部屋には、衛士や侍従の姿はなかった。

「それでは、外に控えておりますので」

　と侍従が言うところを見ると、彼はドアの外で私が出てくるのを待つのだろう。

「どうぞ」

陛下に示され、私は椅子に近づいた。

背後で、扉の閉じる音がする。

「お座り」

「失礼いたします」

やはり、部屋に他の人の気配はない。

つまり、この時間は私と陛下、二人きりの時間なのだ。

「グレンディン侯爵家のティアーナだね？」

「はい」

「そう緊張せず、楽しく話をしよう。君に会うのは初めてだね」

穏やかに笑う顔。

やはりシルヴィオに似ている。けれど彼よりも、もっとおとなしい印象だ。

「はい。長らく王都を離れておりましたので」

「だそうだね。ここでは気を遣わずに会話をしよう。お互いを知りあうためには、過度な敬語も必要ない。話題も、自由だ」

鷹揚な方。

こんな席を設けてくださるなんて、陛下は家との繋がりではなく、自分と共に生きる方をお相手に選びたいのではないかしら？

そうよね。家との繋がりだけで選ぶのなら、花嫁候補など集める必要もなく、政務官たちがメリットデメリットを秤《はかり》にかけて選べばよいのだもの。

「お茶を淹れてくれるかな。一緒に戴こう」

「はい」

用意された茶器でお茶を淹れ、それぞれのカップを前に置く。

「以前レーネ杯に姉上が参加していたね。確か準優勝だったかな」

「はい。姉はその時陛下にお目にかかったと……」

「うん」

私は、深く息を吸って、心を決めた。

「陛下。私は陛下との結婚を望んでおりません」

私がそう言うと、陛下は驚いた顔をしたが、すぐに穏やかに微笑まれた。

「親に命じられてここへきたのだね？」

「いいえ。私が望んで参りました」

「ではなぜ、私との結婚を望まないと？」

「私には、既に愛する人がいるからです」

答えると、陛下は胸の前で手を組み、椅子に身体をもたせかけるように座り直した。

「意味がわからないな。だが聞く価値はありそうだ。それではティアーナ、愛する人がいるのに自ら花嫁候補となり、今それを拒む理由を説明してくれ」

聞いてくださるのだわ。

くだらないことを言うなと、一蹴《いっしゅう》されると思ったのに。

「お時間いただいてありがとうございます。これから語ることを、どうか突拍子もないことを語ると思わないでください。私にとっては、それが真実なのです」

「わかった」

緊張は、まだ身体に残っていた。

話を聞いていただいても、結果は不興を買うだけで終わるかもしれない。

多くを望んではだめ。聞いていただけるだけでよしとするのだ、と自分に言い聞かせてから、口を開く。

「私は、長くルア湖の保養地の別荘で、姉と共に暮らしておりました。当時の姉は少し体調がよくなく、そこで療養していたのです」

「あそこはよいところだな。王家の別荘もある」

「はい。一部を開放し、公園としていただいております。その公園で、私は一人の男性と出会い、恋に落ちました。彼は……、彼は、自分は王弟シルヴィオだと名乗りました」

「シルヴィオ？」

弟の名前を聞いて、陛下が身を乗りだす。

「その方が名乗っただけです。本当にシルヴィオ様ご自身であったのかどうかは、……私にはわかりません」

「カタリだったかもしれないわけだ……」

「はい」

認めたくないが、その可能性はまだ残っている。

「彼は、エチエンヌ様が危篤であるという知らせを受け、王城に戻らねばならぬと言いました。お兄様の側でお支えしなければならないと。私には、落ち着いたら迎えにくると言って、必ず妻にすると誓って、旅立ちました」

「迎えは、こなかったのだね？」

私は頷いた。

「その男をシルヴィオだと信じた理由は？　ただ名乗っただけで信じたのか？」

「いいえ。彼は、公園と王家の敷地である柵《さく》を越える鍵を持っていました。中にある木陰の館の鍵も持っていて、私たちはそこで会っていたのです」

「木陰の館……。確かに、関係のない者が立ち入ることはできない場所だな。それに、その名を知っているということは、君が本当にあそこへ入った、ということだ。招かれた者でなければ、その名を知るはずがないのだから」

私の話に真実を見出《みいだ》してくれたのか、陛下の顔から穏やかな笑みが消え、真剣な眼差しとなった。

「続けて」

「はい。私は彼を待ちました。でも彼は現れませんでした。手紙を書くと言っていたのに、手紙も一通も届きませんでした。確かめようにも、相手は王弟殿下。簡単にお会いできる方ではありません。ですから……」

「私の婚約者候補になって、王城に乗り込んできたわけだ」

「……はい」

「シルヴィオには会ったかね？　まだならここに呼んであげようか？」

言われて、あの時のことを思いだして胸が詰まる。

「先日、偶然お会いしました」

「それで？　弟は何と？」

「私を……、まるで知らぬ者として扱いました。でも、私は会って、確かに彼だと感じました。終わりにするなら、『あの話はなかったことにしてくれ』と言ってくれればいいだけなのに、それすらも言わず、立ち去りました」

泣いてはだめ。

陛下の前で涙など、不敬だもの。

「では、君の会った男はシルヴィオではなかったのではないか？　酷なことを言うようだが」

「私も、そのことは考えました。私のシルヴィオは殿下にそっくりの偽者で、どこか別のところにいるのではないかと。ですから、陛下に確かめたいことがあるのです」

「私？」

「はい」

「シルヴィオではなく？」

「彼をここに呼んでも、きっと同じことを言うでしょう。兄の婚約者候補として呼ばれたのに、何をくだらないことを、と。もう一度あの言葉を、あの視線を受けることには……、耐えられません」

言葉を詰まらせると、陛下は気遣う視線をくださった。

お優しい方だわ。

「私が陛下に確かめていただきたいのは、これが王家にかかわるものかどうか、です」

私はすぐに持ってきた小さな箱をとりだし、テーブルの上に置いた。

「それは、私の恋人が私にくれたものです。宝石自体はそう高価なものではないかもしれませんが、細工の細かさとデザインは特別なものだと思います」

陛下が箱をとり、蓋《ふた》を開ける。

「彼は、それはお母様が、先の王妃様が若い頃に好んで付けていたものだと言っていました。正式な求婚前に王家の印があるものは渡せないから、せめてこれを受けとって欲しいと。陛下がこんなものは見たことがない、とおっしゃってくだされば、私は『彼』が偽者であった、と思うことにします」

だってそれは誓いの品だもの。

私を愛していると、迎えにくると、妻にすると誓って渡されたものだもの。

それが偽物ならば、誓いも偽物だったと諦めることができる。

「君は……、サンザシの君か？」

陛下がポツリと呟いた。

「これは確かに母の形見だ」

「……本物、なのですか？」

「本物だと思う。後で確かめてみる必要はあるが、君の言ったように簡単に真似られるデザインではないから、本物と言っていいだろう」

「では……、盗まれたということは……」

「ないな。王家の宝物室に忍び込んで、これだけを盗む泥棒がいるとは思えない。あそこにはこれ以上に高価なものが沢山あるのだから。それよりも、私は君のことを聞いたことがある」

「私のことを？」

「外国からの来賓があって、シルヴィオを呼び寄せた時だ。結婚したい女性の身分を問うかと訊かれて、お前が好きな女性がいるのなら、どんな女性でも祝福する、と答えた。彼はその女性の名は告げず、サンザシの君と呼んでいた」

「私たちが出会ったのが……、サンザシの花の下だったのです……」

そうだわ。

彼は一度王城に戻った時、お兄様に話をしたと言っていた。

そこで許可を得たから、私に名乗ったのだ。

「だが、彼が再び戻ってからは、その女性のことは何も口にしなくなった。私が婚約者を亡くした後だから、自分の結婚の話は憚られるのだろうと思っていたのだが……。君はシルヴィオに会ったのだろう？」

「はい」

「それでも、説明も何もなかった」

「はい」

陛下は考え込むように黙り込んだ。

指輪が本物だということは、シルヴィオが本物だということになる。

では、あの冷たい態度は、私の『シルヴィオ』が示した態度なのだ。やはり彼は、わかっていてすべてをなかったことにしようとしているのだ。

「彼が、そのような態度をとる理由に、一つだけ心当たりがある」

長い沈黙の後、今度は陛下が語る番だった。

「本当ですか？」

「これは口外しないでもらいたい。内々の者は周知しているが、シルヴィオは妾腹《しょうふく》なのだ」

「え？」

「私を産んだ後、母はもう子供を望むことができない身体だと医師に告げられた。王子がたった一人では心《こころ》もとないと考えた古い重臣たちが、父に子供を作るようにと進言した。選ばれた女性が密《ひそ》かに産んだのがシルヴィオだ」

「でも……」

「母は、自分が子を産めなかったことを気に病み、シルヴィオを我が子と同じように育てた。対外的には、自分の子供だと宣言した。だから君たちの世代では、それを知る者も、口にする者もいないだろう」

お父様はご存じかもしれない。

けれどそれを私には話さないだろう。王妃様自らが、『私の子』と宣言したのだから。

「シルヴィオが優秀だっただけに、王位継承争いが起きぬよう、彼は城から遠ざけられ、表に出ることが少なかった。父が亡くなり、私が王になるまでは。私が王になってからは、側にいてくれていたが、君の話が出る前は、落馬をしたということで怪我の治療にルア湖へ行くと言っていた」

「私と出会った時、彼は杖をついていました。足に怪我をしたと、落馬で」

「話は合うな」

「それならなぜ、彼は……」

勢い込んで尋ねる私に、陛下は静かに言った。

「彼の生い立ちの秘密は、本人の耳に届いている。そのせいで、彼は表に出ないようにしていたのだろう。君のお父上はグレンディン侯爵、国内で一、二を争う権力者だ。その娘を妻にすることを、私に遠慮しているのかもしれない」

「そんな……。彼は私の家のことを知っても、問題がなくなったと言っていたのに」

「それはエチエンヌが生きていた頃のことだろう？　エチエンヌの実家もグレンディン侯爵家に引けはとらぬ家だった。だが今はいない。力のある侯爵家の娘を妻とすれば、王位を狙《ねら》っているという疑いを受ける、と考えたのかもしれない」

それは……、あり得る話だわ。

陛下の婚約者は決まっておらず、跡継ぎもいらっしゃらない。

そんな時に王弟殿下が実力者の娘と結婚したら、口さがない者は何を言いだすか。

「これは憶測に過ぎないことだけれどね。だがもし、シルヴィオがそのように考えているのなら……、遺憾だ」

納得できないこともない。

彼はとてもお兄様のことが好きだった。

兄の助けになりたいということは、よく言っていた。

彼がそのような生い立ちであることは知らなかったけれど、優しさからそういう考え方をするような人であったとも思える。

「それならば、そう言ってくれればよかったのに……」

それが真実だと限ったわけではないが、もしそうなら彼自身の口から言って欲しかった。

「陛下」

私は考えるのをやめ、顔を上げた。

「陛下にお願いがございます」

「今度は何だね？」

「もし、シルヴィオの答えが陛下のお考え通りならば、私は彼から直接聞きたいと思います。彼がシルヴィオ殿下その人であるなら、私にはそれを求める権利があると思うのです」

「確かに」

「ですから、時間をいただきたいのです。真実がわかるまで、彼がそれをはっきりと言ってくれるまで、今しばらく私を婚約者候補の一人として、ここに残していただけないでしょうか？」

無理な願いだとはわかっている。

未来の王妃を決める選考に、私事で残ろうというのだから。

それでも、どうしても聞きたかった。シルヴィオが何を考えているか、私をどう思っているか。私との愛は真実だったのか、偽りだったのか。

でなければ私はここから一歩も進めない。

「いいだろう。私も、シルヴィオの考えを知りたい。なぜそのようなことを考えたのか」

「ああ……、ありがとうございます」

感謝を述べる私の言葉を遮り、陛下はおっしゃった。

「それを認める代わりに、君の名前でロンデ男爵の娘、アーニャをここに呼び寄せて欲しい」

「アーニャさん……？　それはかまいませんが、私の立場でここに他人を呼んでもよろしいのでしょうか？」

「できないだろうか？」

「私たちは家からの侍女の同行も制限されております。関係のない友人を呼びたいと言って、許可がいただけるとは思えません」

「……そうか」

陛下が意外なほどにがっかりされたので、私は考えを巡らせた。

友人を呼ぶことはできないだろう。

きちんとした理由があれば何とかなるかもしれないが。

「もし、ですが……。陛下が皆さんに侍女を呼ぶことを許可していただけるのでしたら、私はその方を侍女として呼べるかもしれません。でなければコンパニオンの許可をいただくとか」

通常、貴族が他家を訪れる時には侍女を連れていく。それを許されていない今、皆心細く思っているだろう。

コンパニオンは話し相手。

他の方と候補を競っている中、心を許して話せる相手も欲しているはずだ。

「そうだな……。コンパニオンならば彼女は優秀だろうし。わかった、その許可は与えよう。それと、この指輪はしばらく預からせてもらってもいいかな？」

「はい。彼に結婚の意思がないのであれば、お返しするべきものですから」

「シルヴィオに結婚の意思があるかないかは、まだ決めない方がいいだろう。少なくとも、私の弟は理由なく不義理はしない男だ」

「失礼いたしました」

「謝ることではない。辛い思いをしているのは君なのだから。よければ、もう少し話をしようか。君の姉上は乗馬が得意のようだが、君も乗るのかな？」

気分を変えようとして、陛下は話題を振ってくださった。

お姉様が乗馬を始めたきっかけのことを考えると、それもまた辛い話だ。

でもせっかくのお心遣いだから、私はお姉様のことをお話しした。

そこから、狩りの話、お庭の話、ダンスの話。お茶の替えを持ってきた侍従が入ってくるまで、私たちは他愛のない会話を続けた。

お茶の替えを持って入ってくる侍従、というのが時間の合図なのだろう。そこで会話は終わり、私は部屋を辞した。

陛下とお話しできてよかった。

これからどうしたらいいのかと悩んでいたが、これで答えが決まった。

シルヴィオから本当の言葉を引きだす。

それが愛でも別れでも、彼の本当の気持ちを聞く。

どうやって、かはまた考えるとして今はそれを目標としよう。

悲しみと疑念はまだあるけれど、目標が決まったことと陛下という理解者を得たことで、少しだけ気持ちが楽になった。

ほんの少しだけ。

すべての女性たちが陛下との謁見を終えた翌々日、その人数が半分の十人に減らされた。

第一次選考終了だ。

私とエディラさんは残り、ローラさんは出ていった。

「陛下は私に、『陛下の婚約者候補に選ばれた女性』の称号をくださったわ、だから気になさらないで」

別れを惜しむ私に、ローラさんはそう言った。

「落とされた他の女性も同じ。その称号があれば、縁談に事欠かないでしょう。だから可哀想とは思わなくていいのよ」

「せっかく親しくなれたのに、残念です」

そう言うと、彼女は寂しげに微笑んだ。

「そうね。あなたが本心からそう言ってくださるのがわかるわ。花嫁選びが終わったら、普通にどこかのパーティで会うこともあるでしょう。その時には声をかけてくださいね」

「ええ、必ず」

その時、近くに誰もいなかったので、私はこっそり彼女に訊いてみた。

「前に、王妃になるには、愛を諦め、強い心と忠誠心が必要だとおっしゃってましたけれど、どうしてですの？」

彼女は困った顔をしながらも答えをくれた。

「陛下の心が手に入らない、ということよ。それでも『妻』でいなければならないのなら、そういう心構えが必要でしょう？　エチエンヌにはそれがあったから、彼女は王妃に相応しい女性だったわ」

そして彼女も他の方々と一緒に姿を消した。

陛下のお心が手に入らない？

エチエンヌ様を忘れられない、ということ？

でもエチエンヌ様にも、それらは必要だったと言っていた。

陛下のお心は国民のものだと言いたかったのかしら？

残された者たちは、自分が王妃になる可能性が高くなったことで、表面上は今までのように仲良くしていたが、ライバル心が見え隠れし始めた。

まるでそれを察していたかのように、ホーマン夫人から望む者は一人だけ侍女かコンパニオンを呼び寄せることを許可する、との言葉があった。

「皆様も、長く家を離れて寂しい思いもなさるでしょうとのことで、陛下のお心遣いとして、各人一人だけ侍女かコンパニオンを招くことを許可いたします。身元の確認はいたしますので、必ず紹介状を持参させるように」

その言葉を受けて、私はすぐにお姉様に手紙を書いた。

『私の目的のために、どうしてもロンデ男爵家のアーニャさんを呼ぶ必要があるの。何としてでも彼女を口説いて、私のコンパニオンとして王城にきてもらってください。

お父様に言うと、理由を訊かれたり、他の方を紹介しようとするかもしれないから、お姉様にしか頼めないのです』

手紙はすぐに届けられ、返事もその日の夜に届いた。

『すぐに手配をしましょう。私が頭を下げてでも、その方を送り届けます』

お姉様は、詳しい事情を尋ねることもなく、願いを聞き届けてくれた。

そして二日後、他の方々の侍女たちと共に、アーニャさんはやってきた。

コンパニオンを呼んだのは、私ともう一人の方だけで、他の方は皆、実家の侍女を呼び寄せていた。

中には乳母ではないかしら、と思う年配の方もいらした。

侍女は使用人棟に部屋を与えられ、コンパニオンは同じ棟の二人部屋に一緒に入った。

それぞれ荷物を運び入れ、ホーマン夫人と顔合わせをしてから、各自の主の元へ。

アーニャさんも、私の部屋へやってきた。

現れた彼女は、黒髪に緑の瞳を持つ、可愛らしい印象の方だった。

伏し目がちの目は、まるで泣いているように見える。

彼女を案内してきたメイドが、お茶の支度をして去る。

私は彼女に、椅子に座るように勧めた。

「初めてお目にかかります。アーニャ・ロンデでございます。この度は私をお話し相手にということで……」

声も落ち着いていて柔らかで。可愛らしい印象と言ったけれど、お年は私より上だろう。

「あの……。どうして私なのでしょう？　ティアーナ様とはご面識もございませんのに」

彼女は落ち着かない様子で尋ねた。

当然だわね。

「ごめんなさいね。あなたの都合も訊かずにこのようなことになって。侯爵家からの願いでは、断ることもできなかったでしょう」

「ティアーナ様は、ライアス様の奥様になられるのですか？」

彼女が、陛下の名を口にしたことに、微かな違和感を覚える。

「婚約者の候補、ではあるわね。この後、正式に婚約者になれるか、婚約しても結婚ができるかはわからないわ」

「私のことを……、ご存じなのですか？」

「いいえ？　私も『初めまして』よ」

「そういう意味ではなく……」

「では、どういう意味？」

彼女は困った顔をした。

「実は、あなたを呼んだのは頼まれたからよ」

「頼まれた？」

「ええ、私の願いを聞いていただく代わりに、陛下があなたを……」

と言いかけて、ハッと気づいた。

「あなたは、陛下と面識があるのね？」

彼女は、答えなかったが、答えないことが肯定だと思った。会ったことがないならないと言えばいいのだもの。

陛下が、女性をお呼びになる。

他の人に頼むのではなく、親しくもない私に、内密に。

ローラさんの言葉も、頭に浮かんだ。

陛下のお心は手に入らない、ということは、他に想う女性がいるからではないかしら。

そして、その女性とは、今日の前にいるアーニャさんではないのかしら？

「私、長く王都を離れていて、あまり社交界や王室のことに詳しくないの。よかったらいろいろと教えてくださいね。あなたを私に紹介してくれた方のことはまだ言えないけれど、きっと私が物知らずだからあなたを紹介してくれたのね」

事情を察したけれど、私はそれを口にして彼女に確かめることはしなかった。

国王陛下と男爵令嬢。

もし本当にそこに恋があるのなら、秘密にしなければならない恋だ。

どんなことでも、秘密には理由があるだろう。

私はその秘密の理由を知らない。知らない人間は秘密を軽々《けいけい》に口にしてはいけない、と思ったからだ。

「私は……エチエンヌ様のコンパニオンでした」

「え？　エチエンヌ様の？」

私が驚くと、彼女も驚いた。

「ご存じなかったのですか？」

「ごめんなさい、知らなかったわ。それなら、教えてくれた方は、その縁であなたを紹介してくれたのかもしれないわね」

「あ、ええ……。そうかもしれませんわね」

私の適当な言い訳に、彼女は納得したようだった。

「でも、私は私で、アーニャさんとお友達になりたいわ。年齢も家格も関係なく、お友達になってくださる？」

アーニャさんは、少し考えるように間を置いてから、微笑んだ。

「私のような者でよろしければ……」

何て優しい微笑みなのかしら。

慈愛に満ちた、癒やしてくれる微笑みだわ。この笑顔に、陛下も心惹かれたのかも。

「私ね、子供の頃にお姉様の病気療養に付いていって、そちらで過ごしていたから、最近王都へきたばかりなの。だから本当に何も知らないし、お友達も少ないのよ。アーニャさんがお友達になってくれて嬉しいわ」

「私にお教えできることは、あまり……」

「敬語でなくてもいいわ。だって私たち、お友達になったのだもの。だから、私もアーニャさんの方がお年が上でも、こういう話し方でよろしい？」

「もちろんです」

男爵は功績でもない限り王城に招かれることはほとんどない。

貴族と言っても、一番下の位で、領地を持たない者も少なくない。商売をする者もいるし、貧しい生活を送る者もいると聞く。

彼女がコンパニオンとして働いているのも、そういう事情があるのかもしれない。

「私、ティアーナ様にお呼びいただいて少しほっとしているんです」

「『様』はいいわ。『さん』にして。ほっとしたのはなぜだか伺ってもよろしい？」

「よくあることです。意に沿わぬ縁談が進められていたので」

「まあ、それは大変。間に合ってよかったわ」

「間に合うだなんて」

彼女はふふっと笑った。

やっと見せた本心からの笑みは、綻《ほころ》ぶ花のようだった。

「私たち仲良くなれるわね？」

「はい。そうなれるとよいと思います」

陛下との約束とはいえ、どんな方がいらっしゃるのかと少し不安があったが、彼女はとても素敵な方だった。

卑屈になったり驕《おご》ったりするところもなく、相手の話をよく聞いて、笑みを絶やさない。

教養もあるのに、それをひけらかすこともしない。

さすがは国王陛下の婚約者のコンパニオンを務めた方だわ。

夕食まで彼女との会話を楽しみ、夕食後もまた部屋へきてくれるようにお願いした。

コンパニオンは私たち婚約者候補と同席することは許されず、自分たちの部屋で食事をするように言われたらしい。

でも、話してみて、私が本当に彼女の素性を知らなかったことがわかったのだろう。喜んで夜にも部屋を訪れてくれ、長く話をした。

翌日も、午前中は彼女と話をし、午後は一緒に庭を歩いた。

彼女はこの庭を歩いたことがあるようで、いろいろと説明もしてくれた。

私が密会の小部屋のようだと言った空間は、そういうことにも使われるのかもしれないが、衛士たちが警護のために姿を潜めておく場所でもあるそうだ。

「この先に、四阿《あずまや》があるんです。白い建物で、周囲にはバラが植えられているので、そちらの方が密会場所のようですわ」

「まあ、行ってみたい。行ってもいい場所なのかしら？」

「大丈夫だと思います。少し歩きますけれど、その分本棟から離れていますから」

アーニャさんに案内されてそこへ行ってみると、確かに植え込みに囲まれた場所は、他人から見られることなくゆっくり休める場所だった。

「素敵ね」

吹き抜ける風を受けて微笑むと、彼女も笑い返してくれた。

「はい」

ベンチに並んで座り、まだ蕾《つぼみ》のバラを眺める。

「ティアーナさんは、明るくて、お優しい方ですから、王妃様に相応しい方ですわ」

「……そう？」

「はい」

彼女の目は、穏やかだった。

けれどそれは諦めているようにも見えた。自分では王妃にはなれないと。だから、せめて自分が『よい』と思った方を推したいと。

「かもしれないけれど、もっと相応しい方がいるような気がするわ」

辛い恋。

望みのない恋。

私は彼女に近いものを感じていた。

本当に、私たちは友人になれそうだ、と。

翌日、朝食の席で、再び陛下が全員と会う時間を作ってくださると伝えられた。

しかも今日の今日から。

皆は準備ができないとざわめいたが、ホーマン夫人は異論を許さなかった。

「陛下のお時間は貴重なのです。こちらの都合でどうこうはできません。また王妃になられる方ならば、どのような事態にも対処できなければなりません。お家から侍女を呼んだ方もいるのですから、支度は容易でしょう」

そう言われてしまうと、もう何も言えない。

自分の侍女を呼び寄せた方のほうが支度は容易、という言葉通り、今回はくじ引きはなく、その方々からの順番となった。

私は侍女ではなかったので一番最後。

多分、明日になるだろうとのことだった。

部屋へ戻ると、アーニャさんはその話をもう知っていて、自分が侍女としてお支度を手伝いましょうか、と申し出てくれた。

「いいえ。いいわ。実は私一人で着替えができるの」

「侯爵家のお嬢様なのに？」

「私、変わってるのよ。でも支度はちゃんと侍女に頼むわ。アーニャさんはお話し相手として呼んだのだから」

それに、他の方々のように装いに気を遣う必要はないのだもの。陛下にお会いする身だしなみは気になるけれど気に召していただくための努力はしないでいいのだから。

アーニャさんという新しい友人を得て、いくらか気分が明るくなった私は、翌日の夕刻、ピンクのドレスで陛下の下に向かった。

通されたのは、先日とは違う部屋。

本棚に囲まれ、壁際には大きなデスクもある。執務室、というほど堅苦しい感じではないが、書斎と呼びたいような部屋だ。

置かれている椅子も、一人がけではなく、ゆったりした長椅子だった。

皆さんここに通されたのかと思ったがそうではないらしい。

お茶を運んできた侍従が去って二人きりになると、陛下はこう言った。

「遅くなったね。どうしても君とは早く話をしたかったので、こんな時間になってしまった。しかもこんな部屋になってしまって」

「ここは……?」

「書斎の一つだ。君とはいろいろ内密な話があるから一番音の漏れない部屋にした。とはいえ、無理を通した感はあるので、君が特別視されないよう、時間は短くする。いいね?」

「はい」

前の配分から考えると、私の順番は早くても明日、もしかしたら明後日くらいになっていたのだろう。

でも、陛下は急いでいて、無理にこの時間を作ったのだ。

「まず、君の気になっているであろう話からしよう」

その理由はこれではないのに、陛下は小さな箱をとりだした。

「この指輪は本物だった。母の部屋にも宝物室にも、指輪はなかった。古株の侍女に聞いたところ、母が存命中にシルヴィオに与えたらしい。王家の紋が入っているものは王になる私のものだが、シルヴィオも自分の大切な子供だから、紋のない自分の私物を与えたのだそうだ」

王妃様は、シルヴィオをちゃんと自分の息子として接してくれていたのだわ。

「確認はとれたから、これは君に返そう」

「いいえ。それは陛下がお持ちください。指輪は、私との結婚の誓いのために贈られたものですが、今はその誓いが破棄されているのですもの。持っているところを他人に見られては、いらぬ疑いを持たれるかもしれませんし」

「それでいいのか？」

「はい」

「そうか。では、私が預かって、シルヴィオに渡しておこう。その時に、彼にいろいろ訊くこともできるだろうし」

陛下は指輪の入った箱をまた自分の上着のポケットにしまった。

もしも、あの指輪をもう一度この指に嵌めることがあるのだとしたら、それは思い出に縋るために自分で嵌めるのではなく、もう一度誓いを込めて彼に嵌めてもらいたい。

それが叶《かな》わないのなら、手元から離した方がいいだろう。

「それで、アーニャのことなのだが……」

陛下にとっての本題だ。

「今、私のお友達として滞在していただいております。とてもよい方ですわ」

「そうか」

ほっとした表情。その中に喜びが見える。

私は、自分の考えを率直に口にしてみた。

「もしも間違っていたのでしたら、お許しいただきたいのですが……。陛下は彼女を望んでいらっしゃるのではありませんか？」

陛下は、私の秘密を知っている。私とシルヴィオの恋のことを。

だからどうか、陛下の秘密も、私に分けてください。

陛下はしばらく逡巡《しゅんじゅん》していたが、静かに頷いた。

「そうだ。頼み事をした君には、隠しても仕方がないね」

「エチエンヌ様のコンパニオンだったと、本人から聞きました」

「ああ。二人はコンパニオンというより友人のようだった。エチエンヌは私にとって、同志のような女性だった。二人で国をよくしよう、というね。だが、アーニャは私にとって癒やしだった。彼女といると、心が安らいだ」

わかるわ。アーニャの雰囲気は、そういう感じだもの。

「エチエンヌ様も、それをご存じだったのですね？」

「知っていた。彼女がどんな気持ちでいたのかはわからないが、それでも彼女はずっとアーニャを側に置いていた」

ローラさんの言葉が頭を過《よぎ》る。

それは忠誠心という名の許容だったのだろう。陛下をお慰めできる者を、取り上げることはできなかった。

愛は手に入らない。王妃として、正妻として陛下の側にいても。そのことに耐えられるだけの強い心をお持ちだったのだわ。

「エチエンヌが亡くなると、彼女は役目を失い、戻っていった。私は侍女としてでも残って欲しいと思ったのだが、自分のような者がいては、いつかくる新しい王妃の邪魔になるからと言って」

その時のことを思いだしているのか、陛下は遠い目をなさった。

詳しく語らなくても、私にもわかる。

エチエンヌ様が連れてきた女性が、主が亡くなられたのに居座るなんてことはできなかったのだろう。かといって、陛下の名で彼女を留め置くことはできない。彼女が男爵令嬢だから、王妃とするには身分が低すぎるのだ。

「だが時間が経っても、君のような美姫と何人出会っても、私の心には彼女がいる。だから、もう一度会って、彼女に訊いてみたかったのだ。ここに残るか、別れを選ぶか」

「愛してらっしゃるのですね？　アーニャさんを」

「……彼女の気持ちを聞かずにそれを肯定はできないな。私の言葉はすべて『命令』になってしまうからね」

寂しげに語るその表情が、愛していると告げていた。彼女がここに残ることを望んでいないのなら、逃がしてあげたいと思うほどに。

陛下のお言葉通り、もし陛下が『残れ』と言ったら、それを拒むことはできない。王命に背くことはできないから。

望んでいないのならば、それをすることはしたくない。

だから、彼女の気持ちを確かめたいのだ。

「お庭に……、四阿があるのはご存じでしょうか？」

「もちろん？」

何を言いだすのかとこちらを見た陛下に私は続けた。

「明日、私はアーニャさんと一緒にそちらに散歩に出ようかと思います。午前と午後と、どちらがよいと思います?」

　わたしの言葉の意味がわかって、陛下は顔を輝かせた。

「あそこは人目につかないよい場所だ。午後からゆっくりと行くといい」

「はい。ではそうさせていただきます」

　明日、そこで落ちあいましょう。私はアーニャさんを連れてそこへ行きます。

　そこで、どうぞ彼女の気持ちをお確かめください。

「シルヴィオを私が問いただしてもいいのだが、それは望まないのか?」

　私の協力に対するお礼のつもりか、陛下はそう言ってくださった。

「できれば、私も本人に確かめたいと思います」

「そうか……。そうだな。その方がいい」

　私たち、同じ気持ちですわ、陛下。

　愛する人が去った、その理由を本人に確かめたい。愛と別れと、どちらになるにせよ、直接言ってもらいたい。

「それでは、私はこれで」

「もういいのか?」

「はい。長くいて、特別に思われてもお互い困るでしょうから」

「……そうだな。ではまた」

「はい」

陛下が卓上のベルを鳴らすと、控えていた侍従が入ってきた。

「ティアーナ嬢のお戻りだ」

他の人より短い時間だったであろうに、侍従は表情を変えずに頷いただけだった。


翌日、私は昼食を終えるとアーニャさんを散歩へ誘った。

「あの四阿へ行きましょう。あそこがとても気に入ったから」

彼女は私の企《たくら》みを知る由もなく、喜んで付いてきてくれた。

四阿に到着すると、ベンチに座って他愛のない話をする。

天気とか、音楽とか、本とか。その会話でも、彼女が思慮深い女性なのだと感じられた。

ロンデ男爵家は、あまり裕福ではないけれど、由緒正しい家で、子女の教育もしっかりしているのだそうだ。

時間を決めてはいなかったので、少しやきもきしながら、陛下が現れるのを待ち続ける。

「何かありますの？」

そわそわしすぎたせいか、彼女にそう問われた時だった。

バラの茂みの陰から陛下が姿を見せた。

「アーニャ」

呼び声に、彼女が思わず立ち上がる。

逃げるべきか、留まるべきか、困ったように立ち尽くす。

「座って、アーニャさん」

私が言うと、彼女は力が抜けたように腰を下ろした。

代わって私が立ち上がり、陛下に近づく。

「私は同席しない方がよろしいかと思いますので、席を外させていただきます」

「ありがとう」

「ティアーナさん……！」

助けを求めるように私を呼ぶから、振り向いて言った。

「私は王妃にはならないし、なれないの。陛下もそのことをご存じだわ。だから、今ここに陛下がいらっしゃったのは、あなたと話をするためよ。どうか、お二人で話しあって」

「でも……」

私の横を陛下が小走りに抜けてアーニャさんの手をとる。

「逃げないでくれ。ずっと君に会いたかった」

「でも……」

まだ困惑している彼女に微笑みを送り、私は四阿を離れた。

「君を愛しているんだ……」

風に乗って、陛下の声が聞こえる。

けれどアーニャさんの声は、聞こえなかった。多分、泣いていて、言葉を発することもできないのだろう。

私は、そのままサンザシの木があるベンチへ向かった。

多分、アーニャさんは陛下を愛している。

愛しているから、陛下の側から離れたのだ。彼女は聡《さと》く、物事をよくわかっている人だった。それだけに、二人の間に横たわる、様々な問題が陛下を苦しめると察したのだろう。

無責任かもしれないけれど、それでも私は気持ちだけは伝えあって欲しいと思っていた。

自分の代わりに……。

サンザシの木陰にあるベンチへ行くと、私は腰を下ろした。

花はまだ咲いていないが、蕾が膨らんでいる。

た。

「これならもう少しで咲くわ」

蕾の重みで垂れた枝先に手を伸ばす。

「こんなところで何をしている」

ここはサンザシの木に囲まれた小部屋状になった場所だから、誰もこないと思ってい
た。

その場所に、会いたいと思っても、私が呼びだすことのできない人だから、会うことが
できないと思っていた人の声が響く。

シルヴィオ……。

ああ、胸が痛い。

私は腰を浮かせ、会釈をした。

正式な場ではないから、これでも許されるだろう。というより驚きすぎて、足に力が入
らなかったのだ。

「座ったままで失礼いたします。散歩をしております。お庭は自由に歩いてよいと言われ
ておりますので」

「こんなところまで？　西棟からはだいぶ離れているだろう」

「ここがとても好きなのです。私の一番好きな場所と似ていて、懐かしいから」

シルヴィオは、目を細めた。

「懐かしい、か。確かにここはそんな気がするな」

「あなたも……、懐かしいと思ってくださるの……？」

「何となく、だ」

会話が噛《か》みあわない。

過ぎた日々を認めているのかいないのか、わからない。

「シルヴィオ……様は、どうして私に向けるお言葉が硬いのでしょう。私、嫌われているのでしょうか？」

遠回しに訊くと、彼の表情が変わった。

「失礼した。長く軍にいたので、どうも女性には言葉が硬く感じられるようだ」

「軍に？」

そんなこと、聞いたことがなかったわ。

「近衛《このえ》で数年過ごした」

「お兄様を守るために？」

「まあ、そうだ」

ここへきて初めての笑顔。

お兄様が本当に好きなのね。

今なら、話を切りだすことができるかしら？

「この花の名を、覚えてますか？」

「いいや。花の名には疎くてな。君は知っているのか？」

知らない？

花が咲いていないからわからないの？　それとも、それは花の名にかけて私を知らないという比喩《ひゆ》？

「……サンザシですわ」

「サンザシ……。ああ、サンザシか」

彼は私から視線を逸らし、植え込みに手を伸ばした。

「花が咲きそうだ」

蕾に顔を寄せ、香りを嗅《か》いでいる。

覚えているでしょう？

ここに懐かしさを感じるなら、わかっているのでしょう？

私たちが初めてキスした、公園のあのベンチを。

「小さな花は、女性が好きそうだな」

また振り向いて笑う。

嫌っているわけではないと、態度で示しているのか、他人行儀なのか。

私には、あなたの気持ちがわからない。

「好きです。サンザシは、一番好きな花です」

「だからこんなところまで散歩にくるのか」

「……シルヴィオ様は、サンザシに思い出はありませんの？」

「思い出？」

「サンザシの花の下で、口づけた女性を思いだしたりは、しませんの……？」

シルヴィオが表情を硬くする。

鼓動が大きく耳を塞ぐ。

あなたは何と答える？

私のことを口にしてくれる？

期待は、していたのだろう。落胆を感じるのだから。

「そんなものは知らん」

彼はそう言い放つと、逃げるように去っていった。

また、それなの？

どうして私と向きあってくれないの？

ここを懐かしいと言うのに、サンザシの名も、私のことも知らないと言うの？

曖昧《あいまい》なまま放置されるのなら、いっそ一思いに終わりを告げて欲しい。でなければ忘れることもできなくて、いつまでも心があなたを追ってしまう。

まだ『もしかしたら』と思ってしまう。

期待することが苦しみだと、あなたにはわからないの？

涙が一筋頬を伝う。

私の心に空いた穴は埋まらない。

頭の中を巡るのは、『どうして？』という一言だけだった。


先に部屋へ戻ってぼんやりしていると、夕食の直前にアーニャさんが戻ってきた。

何か話そうとする彼女に、夕食が終わってから話をしましょうと言っていったん別れる。

食堂では皆がそろそろこの状況について不満を漏らし始めていた。

一体何をもって花嫁を決定するのかわからない。

いつまでここにいればいいのか、と。

「あなたはどう思う？」

とエディラさんに問われて、私は答えた。

「もうすぐ答えは出るのではないかしら？」

「どうしてそう思うの？」

「理由はないけれど、いつまでもこんな状態でいることはできないでしょう？　陛下のお心は、もう決まっているのかもしれないわ」

「あなたが選ばれると？」

私は笑った。

「ないわね」

「あら、どうして？」

「私は相応しくないもの。ただお役目としてここにいるだけだから」

本当のことは言えないので、そうごまかした。

ここに集まった方々は、王妃になりたい、なってもいいという方々だろう。でも私はなりたくないので、『相応しくない』は嘘ではない。

陛下は、アーニャさんを王妃にするのかしら？

それともただ側に置いておきたいだけかしら？

その答えが出れば、この婚約者騒動は終わるだろう。

そしてその答えは、すぐに教えられた。

食事を終えて部屋へ戻ると、私はアーニャさんを寝室へ連れていった。

「こちらの方が、他人に話を聞かれる心配がないでしょう？　椅子はベッドで我慢して」

と言って、二人並んでベッドの上に腰を下ろした。

「陛下と、お話はできて？」

「……はい」

彼女が目を伏せる。

「ティアーナさんは……、王妃になりたくないのですか？　陛下もそうおっしゃっていましたが、本当なのでしょうか？」

私は彼女の手をとった。

「本当よ。だから教えて、あなたの恋は叶ったの？」

アーニャさんは顔を上げた。

深い緑の瞳が潤んでいる。

「ライアス様は、私を妻にしたいとおっしゃってくださいました」

「よかった。それであなたは？　アーニャさんの望みはそれなの？　それとも、王妃にはなりたくないの？」

「私などが王妃様になんて……」

「私は気持ちを知りたいの。あなたの本当の気持ちを」

短い沈黙。

絞りだした彼女の声が震えながら答えを口にする。

「愛しています。王妃ではなくても、あの方の側にいられればよいと思っています……」

ああ、やはり二人は愛しあっていたのだわ。

「おめでとう、アーニャさん」

頬に祝福のキスを贈ると、彼女は困惑した。

「本当に……、本当にそれでいいのでしょうか？」

「何が？」

「私のようなものが望まれるなんて……」

私は軽く、握っていた彼女の手を叩いた。

「私はまだ数日しかご一緒していないけれど、アーニャさんはとても素敵な女性だと思ったわ。博識で、控えめで。私は政治向きのことはわからないけれど、陛下という一人の人間をお支えするには、陛下を心から愛しているあなたが相応しいと思うわ」

「でも……」

「一つだけ欠点があるとすれば、その弱気なところね。ああ……、本当によかった」

思わず私の目からも涙が零れる。

「本当に……、祝福してくださるのですね」

「もちろんよ。私も、お二人の未来が容易ではないことはわかるわ。でも、陛下はお心をお決めになった。私は陛下を信じたい。陛下は、ちゃんと誓いを果たしてくださる、と」

シルヴィオとは違って……。

私は、自分たちの代わりに、二人に結ばれて欲しいのだわ。

自分は不幸になりそうだから、せめて友人になれたアーニャさんには幸福が訪れて欲しいと思っているのだわ。

「私の身分では反対する方も多いと思います。そのせいで陛下が皆様に責められるようなことがあっては……。以前にも、私たちのことを察した方に言われました。お前は陛下のためにならない、と」

その時を思いだしたのか、彼女の身体がふるっと震えた。

「辛い目に遭われたのね。でもそれなら、私がお父様に頼んであなたを養女にしていただくこともできるわ。そうなればあなたは侯爵令嬢よ」

「そんなことができるのですか？」

「できる、と約束はできないけれど、そういう方法もあるわ」

アーニャさんが王の望まれている女性だと知れば、我が家から王の花嫁を出すことができると喜んで迎えてくれるのではないかしら？

「我が家が嫌なら、エチエンヌ様のご実家の養女になる方法もあるわ。王家との繋がりが切れて落胆しているでしょうから、また自分の家から花嫁を送りだせると考えてくれるかも」

計算高いことだが、王家との繋がりは、貴族ならば誰もが欲しがるものだ。

家を背負う男性たちは、二人の恋愛には興味がないかもしれないが、自分の家と王家の繋がりには興味があるだろう。

「またお会いする機会があれば、私から陛下に進言してみるわ。それとも、アーニャさんのほうが先にお会いするのかしら？」

「明後日……、またあの四阿でと言われています。明日はお仕事があるので」

「そう。ではその時に一緒に行って、私から陛下に提案するわ。あなたからは言いだし難《にく》いでしょうから」

彼女は、不思議そうに私を見た。

「どうして、そこまでしてくださるのですか？　私たちはまだ出会ったばかりですのに」

そう言われると少し後ろめたい。

善意だけではないと自覚しているから。

「そうね、多分、自分の代わりに幸せになって欲しいと思うからね」

「ティアーナさんは、幸せではないのですか？」

問われて胸が詰まる。

幸せ……。

何という遠い響きだろう。

「そうね……。よくわからないわ。そのかけらを持っている気もするし、すべてなくしているかもしれないし。この手の中にそれがあるのかどうか、確かめるために手を開くことができないの」

「その意味と理由を伺ってはいけませんか?」

「いつか話すわ。あなたには聞いて欲しいと思うから。今はどうか、私を喜ばせるために、あなたの幸せを成就させて」

彼女は、それ以上何も尋ねなかった。

こういうところも、とても聡い女性だと思う。相手が話したくないことを、ちゃんと察してくれる。

「アーニャさんたちのなれそめを聞いてもいい? 内緒にしたいならそう言って」

「内緒だなんて、話すほどのこともありませんわ。ただ私はエチエンヌ様のお側でライアス様を見ていただけです。ずっと」

頬を染めて語る彼女が愛おしかった。

幸せそうだわ、と。

もともとエチエンヌ様のコンパニオンとしてあちらのお宅に勤めていて、エチエンヌ様が城にお部屋を賜った時に、彼女の頼みで付いてきた。

陛下とエチエンヌ様はまるで一枚の絵のように美しくて、お二人が幸せになることを心から願っていた。いつしか陛下に心惹かれるようになっても、自分の想いが届くなんて考えてもいなかった。

ただ、目が合ってしまったのだ。

自分が陛下を見つめていたから、何度も、何度も目が合った。

エチエンヌ様が実家の用事ででかけられた時、初めて陛下と二人きりでお話をして、それだけで幸せだった。

何か特別なことが起こったわけではない。

時間が気持ちを育んだのだろう。

そういうのは、私にもわかる。公園でシルヴィオと話をしているだけで、どんどん彼を好きになっていた。

彼女が思い出を語る時、その言葉の端々に陛下への愛も窺え、同時にエチエンヌ様への愛情と尊敬も感じられた。

自分の幸福を語るのに、何度も『申し訳ない』と繰り返していた。

奥ゆかしく、慎《つつ》ましやかで、愛情深いのだろう。

彼女の話を聞くのは楽しくて、昼間付けられた心の傷を癒やしてくれた。

随分と遅い時間になったことに気づいて、慌てて話を終えたけれど、また明日彼女と話をすることが楽しみだった。

ぽっかりと空いた私の心の中の穴に、二人の恋の話が春風のように優しく吹き抜ける。

ただ、心の奥底では、『自分も本当ならば……』という暗い影があることにも気づいていた。

陛下が答えを出して、集められた私たちが帰されるまでに、もう一度シルヴィオに会いたい。

もう陛下の心は決まっているのだから、その日はそう遠くはないだろう。

もしかしたら、次が最後のチャンスかもしれない。

あなたは、私を忘れたの？

今度ははっきり、そう聞いてみよう。

次があれば……。


翌日、私とアーニャさんは午後にまた庭へ出た。

アーニャさんから、早咲きのバラが満開の場所があると教えられ、それを見に行くことにしたのだ。

「エチエンヌ様がお好きでした」

ローラさんの言葉からすると、エチエンヌ様は二人の恋に気づいていたのだろう。

私が思っているより、ローラさんとエチエンヌ様は親しく、ローラさんにだけはそれを教えたに違いない。

それでも、王妃であろうとした。

それでも、アーニャさんを咎めたりしなかった。

本当に気高い女性だったのだわ。

アーニャさんは、エチエンヌ様が知っていたということを、知っているのかしら？

本人に訊くことは容易《たやす》いけれど、それはきっと彼女の心を痛ませるだけだから、口にはしなかった。

「ここですわ」

大きな庭園の外周にあるバラ園の一角には、今を盛りと白いバラが咲き誇っていた。

「素敵」

「ここのものは、咲いているのを見るのではなく、切り花にするためのものですから、あまり整えられてはいないのですが、香りがよいのです」

言われて息を大きく吸い込むと、よい香りが鼻腔《びこう》いっぱいに広がる。

「本当だわ。いい香り」

「エチエンヌ様は、園丁を伴って、こちらへ花を選びにいらしてました」

「そうなの。でも私にはその権利はなさそうね。この辺りを食堂に飾ったら綺麗だと思うのだけど」

「ホーマン夫人にお伝えしておきましょうか？」

「アーニャさんはホーマン夫人とは親しいの？」

「いいえ。私が前にいた時にはお会いしませんでした。恐らく、今回のことで急遽《きゅうきょ》お役を賜ったのだと思います」

そうね。ご主人は司書の方だと聞いているし、伯爵夫人なら、侍女として働いていたとは思えない。

きっと花嫁候補の見分役を命じられたのね。

「他の方々にも、ここを教えてあげてはいけないかしら？　皆退屈し始めてるから、きっと喜ぶと思うのだけれど」

「大丈夫だと思います。お庭を歩く許可はいただいているはずですから。ただ道順をお教えするのは大変かと」

「そうね、随分歩くし。でも一応、私が歩いていて見つけたということにして、話して……」

花を見ながら歩いていた私たちの正面から、こちらに歩いてくる人の姿が見えて、私は会話を止めた。

「シルヴィオ様……」

その姿に気づいて名前を呼んだのは、私ではなかった。

怯《おび》えたような声で彼の名を口にしたのは、アーニャさんだった。

驚いたことに、彼の方でも私たちに気づくと、足早にこちらに近づき、彼女の名前を呼んだ。

「アーニャ。なぜお前がここに……！」

声を荒らげて、『お前』と呼ぶ彼に、彼女への好意は見えなかった。

咄嗟《とっさ》に、私は彼女の前に立ちはだかり、彼女を隠した。

「先に戻って。急いで」

「……はい」

「退《ど》け」

「嫌です」

私を押しのけて彼女を追おうとするシルヴィオの腕に取りすがる。

間違いない。

彼も、アーニャさんが『何者』であるか、知っているのだ。そしてそれを認めていない人なのだ。

「彼女が誰だか知っているのか？　彼女はここにいてはいけない人物だ」

ほら、やっぱり。

「いいえ。彼女はここにいるべき方です」

「何も知らないのにいい加減なことを言うな！」

彼が、私を振りほどこうとした。

強い力ではなかったが、ヒールのある靴を履いていた私はバランスを崩し、バラの植え込みの中に倒れ込みそうになった。

「あ」

バラにはトゲがある。

その中へ倒れ込めば傷を受けるだろうと覚悟した。

「危ない」

が、そうはならなかった。

私を振りほどこうとした腕が私を抱き寄せ、包み込むようにして地面に倒れ込んでくれたから。

「シルヴィオ！」

彼の方が怪我をしたのではないかと、名を呼ぶ。

私はまだ、彼の腕の中にいた。

頭を打ってはいないかしら？

彼の青い瞳が、私を映す。

視線が私を突き抜けて遠くを見つめ、ぼんやりとした表情になったかと思うと、また私に焦点を戻し、しっかりと目を合わせた。

そして次の瞬間、彼は再び私を抱き寄せてキスをした。

唇が重なった瞬間、ハッとしたようにすぐ離れたけれど。

「……どうして」

腕を解き、私を地面に座らせると、彼は立ち上がった。

「……わからない」

わからない？

わからないって何？

「『もう』私を愛していないの？　どうしてそれならそう言ってくれないの？」

彼の動きが止まる。

「君を……、愛する？」

「そうよ。もう答えを頂戴。これ以上私を苦しめないで……！」

これが最後になるかもしれない。

それならはっきりと言って。

「君を愛するかどうかという答えなら……、私は君を愛さない。君だけは、絶対に愛した

りはしない」

鋭い刃《やいば》が振り下ろされ、私の身体を二つに裂く。

「今の非礼は詫《わ》びる。だが君を愛したことなどない。君は、兄の婚約者候補だ」

切り裂かれたところから血飛沫《ちしぶき》が上がる。

鮮血が空に舞う。

痛い。

痛い。

痛い。

痛くて、声も上げられない。

「失礼する」

もう一度問いただすことも、去っていく彼を追いかけるために立ち上がることもできない。

何が起こったのかを理解することができない。

理解したくない。

ただ頭の片隅で、冷静な意識がゆっくりとそれを咀嚼《そしゃく》し、認識させた。

そう、そうなの。

これが答えなの。

あなたはもう私を愛していないの。私たちの恋はなかったことにすると、はっきりと言葉にして私に言うの。

苦しい。

どんなものでもいいから、答えが欲しい。そんなの、嘘だわ。

私が欲しかったのは、愛しているという言葉だけ。

けれどそれを受けとることはできなかった。

私の恋は、終わったのだ。

私の愛は、行き場を失ったのだ。

「う……」

悲しみが怒濤《どとう》のように込み上げてきて溢れだし、私は声を上げて泣いた。

子供のように、地べたに座り込んだまま、わんわんと泣き喚《わめ》いた。

「あぁ……っ、あ……、あー……！」

すべてが消えてしまったことが、悲しくて……。

誰に聞かれようとかまわない。そんなことを気にかける余裕もない。

ズタズタに切り裂かれた心の悲鳴の代わりに、ただ泣き続けていた。

「ティアーナさん！」

ドレスを泥だらけにし、泣き腫《は》らした顔で戻った私を見て、部屋に続く庭先への出入り口の前で待っていたアーニャさんは慌てて駆け寄ってきた。

「シルヴィオ様にされたんですか？　暴力を振るわれたのですか？」

言葉が上手く出てこなくて、首だけを横に振る。

「とにかく中へ」

彼女に支えられながら中に入る。

「お湯を戴きましょう。お庭で転んだ、と言えばよろしいですか？」

今度は黙って頷く。

アーニャさんがてきぱきと動く様を、私はぼんやりと眺めていた。

呼び鈴を鳴らしてメイドを呼び、お湯を持ってくるよう命じる。私のドレスを脱がせて黙ったまま怪我の有無を確かめる。

侍女が飛んできて、何があったのかと尋ねた時も、いつもの穏やかな態度と違い、毅然《きぜん》と振る舞っていた。

「お庭で転ばれたんです。お怪我はないようですが、ショックだったのでしょう、少し呆然としてらっしゃいますわ。でも、大事にはなさらないでください。ご本人が後で恥ずかしがるかと思いますので。貴族のお嬢様は転んでドレスを泥で汚すなんてことはないんですもの」

湯浴みの世話をしようとするメイドも断っていた。

「人がいると気を遣うでしょうから、私だけでいいわ。ああ、でも。お湯を使っている間に、温かいお茶をお願いできる？　ハーブティーと、甘いものがいいわ。ホーマン夫人には、今夜ティアーナ様はお部屋でお食事を戴くと伝言してください」

素晴らしいわ。

アーニャさんは、おとなしくて優しいだけではないのね。

やっぱり陛下が選んだ方だわ。

泣いて、泣き尽くして、頭の中は空っぽだった。

でも不思議ね、私は心配そうな視線を向けるメイドに微笑みかけることもできるし。

「他の方には秘密にしてね。恥ずかしいから」

と言葉を紡ぐこともできる。

私の言葉を聞いて、メイドも侍女も安心して部屋を下がった。

アーニャさんは何も訊かず、私を浴室へ連れていき、泥のついた肌や髪を洗ってくれた。

ああ、申し訳ないわ。

彼女はこんなことをさせていい人ではないのに。

でも彼女の手は温かくて気持ちがいいわ。こんなに彼女の手を温かいと感じるのは、自分の身体が冷たいということかしら？

感覚がなくてよくわからない。

私、ここにいるのよね？

自分が消えてしまったみたい。お湯の中に溶けてしまったみたい。

柔らかなタオルで身体を拭《ふ》かれ、ドレスではなく部屋着に着替え、ガウンを纏う。

「私……、このガウンの色は好きだわ」

淡いピンクの色を見て、ポツリと呟いた。

「お茶をお飲みになります？　それとも、お休みになります？」

「……どうしたらいいと思う？」

彼女は、とても悲しそうな顔をした。

「では、寝室にお茶をお持ちしますわ。横になられた方がいいと思います」

「あなたがそう言うなら、そうするわ」

私を寝室へ連れていき、ベッドの上に座らせると、彼女はお茶のカップだけを持って戻ってきた。

「カモミールですわ。ハチミツをいれてあります」

両手で受けとって口を付けると口の中にほんのりとした甘味が広がった。

「シルヴィオ様に、乱暴をされたのですか？」

彼女はもう一度訊いた。

今度は言葉で答える。

「いいえ。弾みで転んだの。彼は私が怪我をしないように抱き締めて一緒に倒れて……」

キスをした。

あれは最後のキスだったのだ。

別れのキスだったのだ。

そう思うと涙が溢れた。

「ティアーナさん」

カップを受けとり、サイドテーブルに置くと、彼女は隣に座って私を抱き締めてくれた。

「私……。手を開いたの。この手の中に幸せが残っているかどうか、確かめたの。幸せはなかったわ。愛もなかった」

悲しい、という気持ちが再び戻ってきて涙が零れる。

「シルヴィオは、私を愛していなかったの……」

声に出すと、より悲しみが大きくのしかかってくる。

「……どういうことなのです？　私に話してくださいほら、いつか話してくださると
おっしゃってたでしょう？　他の人に知られたくないのなら、絶対に秘密にしますわ。ライアス様にだって言いません」

アーニャさんなら、きっと本当にそうしてくれるだろう。

彼女の緑の瞳には安心感があった。

まるでお姉様のようだわ、と思った。

「陛下はご存じだわ。……結果を知らないだけで」

「では、話してくださいます？」

この抑えておけない苦しみを誰かに打ち明けるなら、彼女しかいない。

「ええ……」

優しく背中を撫でる手に促され、私はすべてを話した。

私とシルヴィオの出会いを。

公園での偶然の出会い。

私の寂しさを、悩みを、優しく受け止めてくれた彼に恋をした。でも私たちはお互いの身分を明かすことができなかった。

それでも、幸せだった。

彼が、陛下に結婚の許可を得たからと、私たちは身分を明かし、お互いが最適な相手だ

と喜んだこと。

サンザシの花を見ながら何度もキスして、幸せな未来を見つめていたこと。

エチエンヌ様の危篤の知らせがきて彼が去る時、彼に結婚を申し込まれ、指輪を渡され、愛しあったことを。

必ず戻ってくる、手紙を書くと約束してくれたことも。

長い長い話になったけれど、彼女はずっと黙って聞いてくれていた。

「……でも手紙はこなかった。彼も迎えにはこなかった。どうしてなのかわからなくて、彼に直接話を聞くために、婚約者候補としてここへきたの」

「ライアス様には、いつお話を？」

「最初の二人きりの謁見の時に。陛下を騙《だま》すことはできないし、万が一望まれてしまっても、私はシルヴィオのものだと思っていたから。陛下は、シルヴィオからサンザシの君の話を聞いたと言っていたわ。渡された指輪も、本物だと。でもシルヴィオはここにいる私にも会いにきてくれなかったし、偶然会った時にも、私を『王の婚約者候補』としてしか扱わず、自分を誘うなと怒ったわ」

「どうしてでしょう……？」

私は首を振った。

「わからないわ。でも、私のことなど忘れて、すべてなかったことにしようとしているのかもしれないと思った。それでも彼の愛を信じて、直接言葉が聞きたいと思ったの。あなたを呼んだのは、陛下が私を婚約者候補としてそのままここに置いておいてくださる代わりとして、あなたを呼んで欲しいと頼んだからよ。でもお二人の関係は知らなかった。本当よ」

「ええ。わかっています」

安堵させるためか、彼女は微笑んだ。

「さっき……、あなたを追おうとした彼を止めて、思わず転びそうになった時、彼は私を抱き締めてくれた。守ってくれた。そして……、キスしたの」

またあの光景が思い浮かぶ。

「だから訊いたわ。『どうして』って。冷たくするのにキスするのはなぜなのか、わからなかったから」

「それで、シルヴィオ様は何と?」

「わからないと……。もう、私を……、愛していないのかと尋ねたら……」

涙が溢れて言葉に詰まる。

彼女はまたそっと背中を撫でて、次の言葉を待ってくれた。

「私を愛したことなどないと言ったわ。私を愛することはないと……。彼の中に、私への愛はなかった。あの夢のような時間は夢でしかなかったの……」

もしかしたら、陛下がおっしゃっていた、『陛下に気を遣って私を拒む』ということなのだとしても、せめてそう言って欲しかった。

愛したことはないだなんて、言って欲しくなかった。

千万の針が、身体に刺さる。

痛くないところなどない。

悲しみとは、剣よりも人を傷つけるのだわ。

泣き続ける私に向けて、今度は彼女が話し始めた。

「ティアーナさんは、今、出会った頃のシルヴィオ様は、穏やかでとても優しい方だったとおっしゃいましたね」

「……ええ。落ち着いていて、静かな方だったわ。雰囲気は陛下に似てらっしゃると思うわ。だからあの冷たい態度が……答えなのだと……」

涙が止まらない。

こんなにも、自分の身体の中に涙というものが詰まっていたのかと、驚くほどに。

「私の知っているシルヴィオ様は、軍人のような方でした」

アーニャさんは、諭すような口調で言った。

「……私も軍人のようだと思って先日訊いたら、近衛にいたと」

「ええ。シルヴィオ様はライアス様をお守りすることが自分の務めと信じて、うるさ型の重臣たちと口論なさることもしばしばでした」

「口論？」

あのシルヴィオが？

「私に対しても、身分をわきまえるようにとおっしゃって、エチエンヌ様が亡くなられた後には、すぐに出ていくように命じられました。身分を告げないで女性に近づいたり、ティアーナ様がどのような家の方でも結婚したいとおっしゃるなんて、信じられません。あの方なら、ライアス様のためになるお相手を選ぶのだろうと思っていました。シルヴィオ様のお生まれのことはご存じですか？」

「ええ。陛下から……」

「私はエチエンヌ様から伺いました。実の息子ではないのに愛してくれた先の王妃様や、弟として大切にしてくださるライアス様に恩を返したい。それが彼の生きる意義なのだろうと、エチエンヌ様はおっしゃっていました」

私の……知らないシルヴィオ。

「近衛にいたのも、王位継承問題が起こらぬよう、ライアス様と中央政治から離れるため。表に出ていらっしゃらず、あちこちの離宮を転々となさっていたのもそのためです」

「優しいのだわ。お兄様を愛してらっしゃるのね」

「それだけに、私のような、ライアス様に益をもたらさない女性は、遠ざけたかったのでしょう。お義姉様になるエチエンヌ様のお心も気遣って」

「……以前言っていた、あなたに辛く当たったのは、シルヴィオなの？」

彼女は微笑むだけで、何も言わなかった。

「でもそんなシルヴィオ様が、私に優しく声をかけてくださった時がございました。怪我をして、静養なさっていたところから、お仕事で呼び戻された時です」

「私と一緒にいた時……？」

「恐らく。いつもなら何も言わなくても冷たい視線を向けるのに、その時は義姉上をよろしくと微笑みかけてくださいました。その時のシルヴィオ様のご様子ならば、ティアーナ様のおっしゃるシルヴィオ様の姿に重なります」

「でも。もう過ぎたことだわ」

「おかしいとは思いませんか？」

「何を？」

「ティアーナさんと出会って、優しくなったというのならわかります。ではどうしてその後にまた元に戻ってしまったのでしょう。ライアス様に結婚の許可を求めておきながら、なかったことにしようとしているのはなぜなんでしょう。エチエンヌ様が亡くなられた時、戻られたはずのシルヴィオ様は、しばらくお城に姿を見せませんでした。危篤の知らせは聞いていらしたでしょうに、お姿を見せたのは、亡くなられた日でした」

「彼は知らせを受けた翌日には旅立ったわ。嵐のあった日よ」

「嵐?」

「ルア湖の方は嵐だったの。だから到着が遅れたのかもしれないわね」

「そうですか。でも、やっぱりいろいろとおかしいと思います」

諦めないで、と言ってくれているのだろう。

悲しみに呑まれないでと慰めてくれている。

「ありがとう……。でも、もういいの。終わりなの。どんな理由があったとしても、彼の出した答えは聞いてしまった。だからいいの……」

私はアーニャさんの手を押し戻し、身体を離した。

「休ませて。明日には私もすべて忘れるから。今日はもう眠らせて」

「ティアーナさん……」

「お食事もいらないわ」

ベッドに横たわると、彼女はそっと布団をかけてくれた。

「お嫌でなければ、ずっと側にいますわ」

「ありがとう……。では手を握っていて。独りきりは寂しいから……」

「はい」

深い、水の底に沈んでゆくように、身体が重い。

私を包む空気は、ハチミツのようにどろりと纏《まと》わり付《つ》いてくる。

息が苦しい。

目を閉じると、また涙が零れた。

この眠りが、『死』という名前でも、安らぎを与えてくれるなら落ちてしまいそうなほど、疲れを感じていた。

悲しむことに、疲れ果てていた。


途中何度か目を覚ましたが、アーニャさんはずっとベッドの傍らに座り手をにぎってくれていた。

朝には姿が見えなかったが、随分と遅くまで側にいてくれたのだろう。

目は覚めても、起きる気になれない。

少しでも動くと、また身体中から悲しみが零れてきそうで。

でも、今日はアーニャさんが陛下と会う日。

私が沈んでいては、彼女が気を遣って会いに行かないと言いだすかもしれない。

何とか起き上がって、メイドを呼び、着替えをする。

「昨日は大変でございましたね」

と声をかけられ、苦笑した。

「もう言わないで。子供みたいで恥ずかしいわ。他の方には話してしまった？」

「いいえ。お加減が悪いようだとだけ。ホーマン夫人には説明いたしました」

「それは仕方がないわね」

空っぽ。

心に空いていた穴は大きくなり、私の中身は空洞になっている。

「朝食は部屋でいただくわ。今日はお昼も夜もお部屋でお願い」

「かしこまりました」

身支度を整えている途中で、アーニャさんがやってきた。

「おはようございます」

「おはよう」

無理に笑った顔が少し引きつったが、彼女は気づかぬふりをしてくれた。

「お食事はお部屋で召し上がるそうです」

「そう。では私のもお願いできるかしら？」

「かしこまりました」

メイドが食事の用意をしている時も、彼女たちが去って二人きりになっても、アーニャさんは何も言わなかった。

いつものように微笑んで、明るく話しかけてくれた。

「バラの話、ホーマン夫人に話しましたの。今朝食堂に飾ってあるはずですわ。バラ園のことを伝えたのですが、庭園ではないから、多分皆様は行かれないだろうとのことでした」

窓から差し込む光が明るい。

「今日は天気がいいのね」

「はい。日差しも温かですわ」

触れないでいてくれる優しさ。

「風はあるのかしら？」

「風もないようです。しばらくは好天続きでしょう」

何事もなかったかのように、過ごさせてくれる。

「今日も、ご挨拶だけしたら、私は下がるわね」

「ご一緒なさらないんですか？」

「せっかくの逢瀬だもの。邪魔をするのは野暮というものよ。私はお気に入りの場所で過ごすわ」

「……サンザシのベンチですか？」

彼女を連れていったことがあるので、すぐにわかったようだ。

「ええ。……過ぎた夢に浸るなんて、未練がましいわね」

でもこの部屋で独りでいるよりは、あそこで遠い夢に埋もれていたい。

きっと、今日辺りサンザシの花が咲いているだろう。

「もう私たちを留め置く理由がないのだから、早く帰してもらえるようにお願いしたいわ。ここにいると、また偶然出会ってしまいそうでこわいもの」

「あの方は、あまり庭を歩くようなことはしませんわ」

「でも何度も会ったわ。……偶然だけれど」

それが運命だとか、もう思えない。

期待という言葉は、頭の中から消してしまわなくては。

「お昼まで、本を読んでさしあげましょうか？　面白い冒険譚の本があるんですのよ。お姫様が少年と蝶《ちょう》の谷を探して旅に出る」

「まあ、それは面白そうね。ではそうしましょう」

食事を終えると、メイドが皆様のご退屈を紛らわすために、陛下が楽団を呼んだので、午後は広間で演奏会が行われると教えられた。

私は遠慮する旨を伝えたが、それは他の方々が庭に出ないようにするために陛下が考えられたことなのではないかと思った。

午前中、アーニャさんの朗読に耳を傾ける。

物語は、とても面白かった。

母親の病を治すために、お姫様が薬草の生えている蝶の谷というところを目指す。身分を隠して旅を続けていると、途中で出会った宿屋の少年が自分の母も病に苦しんでいる。お姉さんは危なっかしいから付いていってあげると、二人の旅が始まるのだ。

残念ながら、光るキノコの森や、眠る竜の谷を越えたところで、昼食の時間がきてしまったので、続きは夜にしようということになった。

昼食を済ませると、どこからか楽器のチューニングの音が聞こえた。

楽団が到着したらしい。

私たちはいつものように部屋から直接庭へ出て、人目につかぬ道を選びながら進み、四阿へと向かった。

途中の道も、先日まで蕾だった花が咲いていた。

これならきっと、サンザシも咲いているだろう。

四阿には、既に陛下が待っていらした。

「遅れて申し訳ございません」

「いや、私も今きたところだ」

「それでは、私はこれで失礼いたしますわ。アーニャさん、お話が終わったらお部屋に真っすぐ戻っていいわ。私の方が先に戻るかもしれないし」

「ティアーナ、待ちなさい」

立ち去ろうとした時、陛下が私を呼び止めた。

「君に話があるのだ」

「私に？」

陛下は、険しい顔をなさっていた。

私、何かいけないことをしてしまったかしら？

「アーニャ、こちらへ」

アーニャさんは、呼ばれて陛下の隣に座る。

私は向かい側のベンチに腰を下ろした。

「何でしょうか？」

「まあ、もう少し待ってくれ。すぐにくるだろうから」

くる？

誰が？

嫌な予感がして、顔が歪《ゆが》む。

果たして、現れたのは想像していた人物だった。

「兄上」

お兄様に呼ばれたことを喜ぶ声と表情が、私とアーニャさんを見て、一瞬で強《こわ》ばる。

「……やはり君が手を引いていたのか」

向けられる冷たい視線に、身体が震える。

「兄上、その女性から離れてください。兄上には他に似合いの美姫がいらっしゃるでしょう」

彼は、四阿の入り口に立ったまま、陛下に訴えた。

「私に似合いとはどういうことだ？　地位や権力のことか？」

「それも必要です」

「私が身分の低い女性を妻にしたら、私の王としての信頼が揺らぐと思うのか？」

「……そういうわけでは」

「お前が妻にする女性が、私の妻よりも身分の高い家の娘だったら、お前に謀反の意思があるとなるのか？」

「そんなことは微塵も考えていません」

「そうだろう。お前は私を支えてくれている。私のために尽力してくれる。だから、私に他者の後ろ盾など必要はない。私は、自分が求める女性と結婚する」

「……その、男爵令嬢とですか？」

「そうだ」

陛下はきっぱりと言い切った。

傍らで、アーニャさんが狼狽《うろた》えた様子を見せても、彼女の手を握り、シルヴィオを見つめていた。

「たった一人の弟だ。どうか祝福して欲しい」

シルヴィオが、どれだけお兄様が好きなのかがわかる。地位や名誉は、彼の体裁で口にしているのではなく、それが兄のためだという考えからだったのだろう。

その場で跪き、二人に頭を下げた。

「祝福いたします」

けれど、シルヴィオが折れたのに、陛下の表情は変わらず硬いままだった。

「シルヴィオ、そちらへ座りなさい」

入り口近くのベンチを示され、シルヴィオは素直に従った。六角形の四阿の中、陛下とアーニャさん、私、シルヴィオが三角形に座る。

「お前の侍従に話を聞いた。お前は、三年前の落馬事故の時に、記憶を失っていたそうだな」

……何ですって？

「そんなことは……」

「側役《そばやく》のベイジング伯爵は、お前が自分が王弟であることを忘れてしまったことで、私への忠誠心や愛情も失ったのではないかと、ルア湖の別荘へ送り込んだ。そこでお前は自分が何者であるか、どのように振る舞うべきかを教えられた」

シルヴィオは、否定をしなかった。

膝の上にあった手が、強く拳《こぶし》を握っている。

「一度戻った時、いつものお前とは雰囲気が違っていたが、あれは覚えていないお前が、覚えているお前の芝居をしていたのだろう」

「私は……、ちゃんと覚えています。小さい頃の話だってできます。他人に教えられたのではありません。二人きりの時の会話だって言えます」

「『今は』言えるのだろう。エチエンヌの危篤の知らせを受けて王城へ戻る時、お前は再び事故に巻き込まれた。嵐の中、馬を走らせて崖《がけ》から落ちた。そこで記憶が戻った。お前が記憶を失っていたことは誰にも知られていなかったから、その事実は内々に伏せられたまま、私にも教えられることはなかった」

忘れるのが……、こわい。

あの頃、シルヴィオが口にしていた言葉。

離れても忘れないようにと、私を求めた。

そうだわ、彼はこう言ったのよ。

『私は、愛を忘れるのがこわい。忘れられるのもこわい』

身分を明かした後も、自分のことをあまり話さなかった。落馬のことも話題にしないようにと言っていた。

話そうとしても話せなかったのだ。忘れていたから。

自分が義理の母や、兄に愛されていたのに、それを忘れてしまった。同じように、私も彼を忘れる日がくるのではないか、それが彼の言葉の意味だったのだ。

お城では、王弟に相応しい行動をと言われ、お兄様を助けようと、他者から守ろうと奮闘し、気を張っていたのだろう。

けれど私と出会った時には、そのすべてを忘れ、気負うものはなく、誰のことも知らない寂しさを嚙《か》み締めていた。

だから私の寂しさに共感してくれたのだ。

あれは芝居などではなく、すべてを剝ぎとった、彼本来の姿だったのだ。

「シルヴィオ。お前は記憶を取り戻すのと引き換えに、記憶を失っていた間のことを忘れてしまった。思いだしなさい。お前がその時に何をしていたか。誰を……」

「陛下！」

私は陛下の言葉を遮った。

「もう……、いいです」

「ティアーナ？」

「ティアーナさん」

私は立ち上がり、陛下とアーニャさんに向かって頭を下げた。

「もう、何も言わなくていいです」

「それでは君が……」

「いいのです。『教えられたこと』では真実にはなりませんもの。そういうことだったのなら、仕方がないですわ」

シルヴィオに向き直ると、彼はけげんそうな顔で私を見た。

「君と私は……」

その後を続けられないでしょう？

本当に何も覚えていないのならば仕方がないじゃない。

ないものを出せと言っても、無理な話だわ。彼の頭の中から、私という恋人は綺麗さっぱり消えている。それを今更『恋人だった』と言われても、彼の心の中に私への愛はないのだ。

「失礼いたします。もしよろしければ、なるべく早く私が家に戻れるようにしてくださ い。ここには……長居はしたくありません」

私はもう一度、しっかりとシルヴィオの姿を目に焼き付けた。

これは、『彼』ではない。彼の肖像画のようなもの。心のない、ただの思い出の残像。

そう言い聞かせて。

もう一度、三人に向かって頭を下げると、私は四阿を離れた。

明るい日差しの中、植え込みの作る細い道を進みながら、いつしか足は駆けだしていた。

仕方がないじゃない。

そう思うしかないじゃない。

愛が冷めたのでも、芝居をしていたわけでもない。

本当に『何もない』のだ。思い出の一かけらも、彼の中にはないのだ。

彼のせいではない。

彼が悪いわけではない。

だから、恨むことすらできない。

『あの時のことを思いだして』と、いくら懇願したって、思いだすものがないのだ。

愛しあった時間を持たない人に、何を言えばいいの?

ドレスをあちこちに引っかけながら、ようやくあのベンチにたどり着く。

皮肉なことに、サンザシの花は咲いていた。

公園の、あのベンチと同じように。

倒れ込むようにそこへ座ると、また涙が溢れてきた。

「……昨日から、泣いてばかりだわ」

涙と一緒に笑いが零れる。

昨日は、傷つけられた悲しみで涙を流した。でも今日のこの涙は虚《むな》しい涙だ。

何が起ころうが、愛そうが、私は彼の視界にも入っていなかったのだ。彼は、私という存在を認識もしていなかった。

国王の婚約者候補としてここを訪れた貴族の娘。

ただそれだけでしかなかった。

「寂しい……」

あの恋は、私だけのものになってしまった。

美しく咲いたこの花を、懐かしいと感じてくれる人はもういない。

あの時と一緒。

世界がどんなに素晴らしく、美しい輝きを放っていても、それを美しいと共に感じてくれる人はどこにもいない。

私は、一人。

『独り』なのだ。

でも、自分が与えられたものは偽物ではなかった。あの時、シルヴィオは確かに私を愛してくれていた。

彼が崖から落ちなければ、記憶を取り戻さなければ、私を忘れなければ、きっと私を迎えにきてくれたはずだ。

だから、裏切られたわけではないのだ。

でも……。

どんなに自分を慰めても、寂しさと虚しさは消えず、涙も止まらなかった。

ほうっと、こぼした深いため息に、茂みの揺れる音が重なる。

音のした方へ顔を向けると、そこにはシルヴィオが立っていた。

まるで彫像のように、一歩足を踏みだしたままのポーズで、こちらを睨《にら》んでいる。

泣き顔を見られるのが嫌で、私は彼から顔を背けた。

「……花の精かと」

ポツリと、彼が何かを呟いたのが聞こえた。

上手く聞きとれなかったので、指で涙を拭いながら振り向くと、彼はまだ同じポーズでそこに立っていた。

「……何か、御用でしょうか」

シルヴィオは答えず、突然その場に蹲《うずくま》った。

「シルヴィオ……？」

具合でも悪くなったのだろうか。

もう近づいてはいけないと思いながら、心配になって彼に駆け寄る。

「……大丈夫ですか？　どこかお具合でも」

蹲ったまま、彼はまた呟いた。

「なぜ……、泣いているのかと」

「……気になさらないでください。もう、私のことは。それより、お顔の色が悪いわ。人を呼びましょうか？」

触れていいものだろうか？

彼は私を知らない。

最初に再会した時、『私を知らない』彼が、王の代わりに自分を誘うのかと言ったことが胸に残っている。

あれは彼の本心から出た言葉だった。二人の間に何もなければ、私はただ王弟を狙う邪《よこしま》な女でしかないのだ。

シルヴィオが顔を上げる。

私を、じっと見つめる。

青いその瞳に心が揺れる。

「私、誰か呼んできますわ」

立ち去ろうとすると、彼は私の腕を摑んだ。

「シルヴィオ様?」

強い力だった。

「立ち上がるから手を貸してくれ……」

「あ、はい」

頼まれたのだから、近づいてもいいわよね?

私は側により、彼に肩を貸した。

冷たくはできない。

愛している人なのだもの。

「サンザシの……、花が咲いている」

「ええ。今日は日差しがよくて、花が開いたようですわ」

「小さな花が……」

彼は視線を彷徨わせ、咲き始めたサンザシの花を眺めたかと思うと、もう一度私を見下ろした。

「ティアーナ……」

「はい」

「アーニャが、君がここにいると教えてくれた」

ああ、それでここにきたのね。偶然ではないのだわ。ましてや運命でもない。

期待などしてはいけないと思っていたのに、まだ私ったら……。

「……アーニャに感謝しなくては」

どこかぼうっとしていた彼の顔に、笑みが浮かぶ。

私を見る目に優しさの光が灯《とも》る。

「きゃっ！」

突然、彼は私を抱き上げた。

「シルヴィオ様、下ろしてください」

「嫌だ」

彼の腕の上に座るように抱かれ、不安定な上半身を支えるため、彼の肩にしがみつく。

「シルヴィオ様」

私を苦しめないで。

手に入らないものを望ませるのは酷だわ。

「その涙に、ハンカチを渡さなければならないが、今は持ちあわせていない。それを取りに行かなくては」

「ハンカチなんて……。シルヴィオ様！」

彼は、抱き上げたまま歩きだした。

思い出のサンザシの花を抜けて、広い庭園へ。

その真ん中を突っ切って、王家の住居である本棟へ。

一人だけ私たちの姿を見咎めた衛士が、驚いた顔をしながらも黙って見送った。

建物の奥にある大きなガラスの扉から中に入っても、彼はまだ私を下ろしてくれなかった。

何度も下ろしてと頼んだのに。

どうして、私をここへ連れてきたの？

アーニャさんから何か聞いたから？

それならもうやめて。慰めや後悔で接して欲しくないの。私が欲しいのは恋人だったシルヴィオだけ。

私を、思いだしたわけではないのでしょう？

あの時間を覚えているわけではないのでしょう？

シルヴィオは廊下を奥へ進み、一つの扉の前で立ち止まり、やはり私を抱えたままそれを開けた。

落ち着いた雰囲気の居室。

けれどそこでも彼の足は止まらず、奥へ進んだ。

二つ目の扉を開けると、そこは豪華な寝室だった。

そこまできて、彼はやっと私を下ろしてくれた。

ベッドの上へ。

「寝室で……、殿方と二人きりになるのは好ましくありませんわ……」

「間違っていたら、言ってくれ。すべてを思いだしたわけではないようだから。君は、サンザシの花の中で泣いていたね？」

……『思いだした』？　今、彼は思いだしたと言った？

「さっきと同じように。私は花の精かと思ったが、君は人間だった。そしてあの時はハンカチを渡してあげることができた。違うかい？」

「あ……、アーニャさんから聞いたことですか？」

「いいや。さっき君の姿を見て、思いだした。同じ姿を見たことがある、と」

嘘よ。

嘘だわ。

きっとお兄様に怒られて、思いだしたふりをしているだけだわ。

「ここに戻ってからずっと、あの庭の植え込みの向こうで、誰かが待っている気がしていた。何度も小道を曲がっては、その先のベンチが空っぽであることに落胆した。それは君を探していたからだ」

庭を歩かない人だ、とアーニャさんは言っていた。

「倒れる君を抱きとめた時、キスしなくてはと思った。君を、好きだと思ったわけではない。だが、君が腕の中にいるのなら、理由もなくキスしなくてはと思った」

バラの茂みに倒れる私を抱いて倒れた時のキス。

彼は、わからないと言いながら私と唇を重ねた。

「それは私たちが何度も抱きあってキスしたからだろう?」

愛の火は消えたのよ。

冷たい水を浴びせられて。

なのに、熾火《おきび》のように、あなたの記憶の片隅に私は残っていたの?

「キスしていいね?」

拒まれるとは思っていない訊き方。

何も言えないでいると、そっと唇が押し当てられる。

優しく、温かい感触に、涙が零れる。

「私は、君を妻にすると言ったね?」

それにもまた答えることができない。

何度も失望を味わった後では、まだ完全には信じることができなくて。

「もし言ってなかったとしたら、今ここで言おう。私は君を妻にする。他の男には嫁がせない。たとえ相手が兄上であっても」

もう一度されるキス。

それがきっかけとなって、涙腺《るいせん》が壊れたように涙が溢れた。

「私……、私……、待っていたわ。ずっと、ずっと待っていたわ……」

目の前にいるシルヴィオの首にしがみつき、駄々っ子のように繰り返す。

「あなたの言葉を信じて、いつか必ずきてくれると思って……」

「うん」

「お城へ戻ったら、私のことなどどうでもよくなってしまったのかと思った。王弟だと嘘をついていたのかもしれないとも。何度も疑った」

「うん」

「それでも……。忘れられなかった。あなたを愛してた」

「うん」

「だからここまできたのよ。シルヴィオから直接言葉を聞きたくて。王の花嫁になりたかったわけじゃないわ。ちゃんと陛下にも、私の愛する人はシルヴィオですって言ったわ」

「うん」

シルヴィオは私を抱き締めて、子供をあやすように背中を軽く叩きながら、取り留めのない私の言葉の一つ一つに優しく頷いてくれた。

あの頃、私の話を微笑んで聞いてくれていた時と同じように。

「どうして、私に教えてくれなかったの？　私と出会った時には記憶を失っていたんだって。もしそれを知っていたら、同じことが起こったのかもしれないと想像できたわ。でも知らなかったから……。捨てられてしまったのだと……」

涙に濡れた頬に、唇が寄せられる。

「王弟の健康は国の機密事項だ。誰にも言うことはできない。だが、君にだけは告げておけばよかった」

もう一度、今度は反対の頬に。

「思いだしてきた。あの頃、私は自分が何者であるかの自覚がなく、人に教えられた『私』というものを持て余していた。私の生い立ちは話した？」

「いいえ。でも陛下から伺いました」

「そうか。私の母は国への使命として私を産んだのだと言われた。愛情を受けずに生まれた私を、王妃様は大切に育ててくれた。兄上も疎むことなく大切にしてくれた。だからそれに応えなければならないと言われた」

あの時、聞くことのできなかったシルヴィオのこと。

彼は私に時折キスしながら語ってくれた。

周囲の人間に聞かされる王弟という自分。今までは兄である陛下に忠誠と敬愛を持っていたが、記憶を失ったと知った不忠の者がシルヴィオを担いで王位を狙うかもしれない。

彼の側役はそれを恐れて、彼をルア湖の保養地に匿《かくま》った。

そこで、彼らの理想の、もしくは過去の自分を刷り込まれ続けた。

同時に、まだ記憶は戻らないのかという目が、始終注がれていた。

何不自由のない生活は、彼らの言葉通り、自分が愛された証拠。でも自分はそれを忘れてしまっている。

何という恩知らずなのだろうと、自らを責めた。

そんな息の詰まるような日々から逃れるように向かった公園で、私と出会ったのだ。

「君は、私が王弟だとは知らなかった。なのに微笑みかけてくれた。泣いている君は、私よりも弱い存在で、守ってやらねばと思った。そう考えると、自分が君に必要とされて、少しだけ強くなれたような気がした」

記憶の本を読み返すように、彼が続ける。

「私に『何者か』を求めない君を愛した。そうだ、私はティアーナを愛した。正式に結婚したいと思うほどに。だから、兄上に許可を求めた。そして……」

けれど、ふいに言葉が途切れた。

シルヴィオが困った顔をして、私を見る。

「身勝手にも、結婚前なのに君を求めたんだ」

その言葉に、カッと頰が熱くなる。

「『もしも私が君を忘れたら、思いださせてくれ。私がこんなにも君を愛しているということを』、そう言った」

「……ええ」

「思いださせてくれ。私が君にどんなふうに触れたか、口づける度に、どれほど喜んだか。手放したくない、自分のものにしたい。君のことだけは何があっても忘れたくないから、この手にその感触を焼き付けておきたいと思っていたのか」

もう、思いだしているのではないかと思う言葉を口にしながら、彼は深く私に口づけた。

恐る恐る許可を求める軽いキスではない、涙を拭うようなキスでもない。

あの時のように、愛しくて堪《たま》らないという、口づけだった。

『私は、愛を忘れるのがこわい。忘れられるのもこわい』

『絶対に忘れたくない。ティアーナを覚えていたい。この目で、この手で、心のすべてで、君を覚えていたい』

あの時の言葉の意味が、ようやくわかった。

だから、唇が離れると、私は小さな声で自分の望みを口にした。

「……思いだして欲しい。私たちが愛しあった時間を。たとえこの先に結婚という未来がなくても、私はあなたの愛が欲しい」

何もなくていいの。

ただ愛する人がいればいい。

もう一度あなたが私を忘れても、あなたの気持ちが本当に私を愛しているのだとわかったから、私はあなたを愛し続けることができる。

私のすべてを捧げて。


ベッドに並んで座り、舌を絡《から》める深いキスをされる。

初めての時も、キスが最初だった。

違うのはベッドへ押し倒されることなく、彼の手がドレスにかかったこと。

シルヴィオは、左の手で私の背を支え、右手で身体に触れてきた。

ドレスを脱がすのももどかしかった手が、あの時よりずっと飾りの多い正式なドレスなのに、的確にボタンを外し、リボンを解いてゆく。

「ん……」

身体を起こしたまま、前がはだけるのは何だかとても恥ずかしかった。

悪いことをしているようで。

胸元を締めていたリボンが解かれて緩んだ襟元から、彼の手が入り込む。

「あ」

ドレスの中で、指が胸を揉む。

逃れようとしても、背中を押さえられているから、倒れることもできず胸を揉まれ続ける。

キスが外れ、舌が耳朶を濡らす。

耳元に響く濡れた音に鳥肌が立った。

「や……っ」

あの時と違う。

どうしてすぐにドレスを脱がさないの？

どうしてベッドに横たわらせてくれないの？

このままずっと座ったまま続けるの？

胸元で手が動き続けるから、だんだんと襟元は大きくはだけ、いつの間にかアンダードレスのボタンも外されていて、胸が露になった。

包むものがない、心許《こころもと》ない感覚。

同時に、私の視界に剝《む》きだしの胸を摘まんで弄る彼の指が見えてしまう。

自分の胸が見える。

彼に見られている。

彼に触れられている。

それよりも、彼が私の胸を触っている光景を見ることが、恥ずかしかった。

「……っ」

視覚だけでゾクリとする。

自分が、彼に『抱かれている』と実感する。

指は、私の乳首を玩具《がんぐ》のように摘まんだり、揉んだり、押したりした。見ないようにしようと思うのに、目が離せない。

「あ……」

身体の奥が反応を始める。

脚の最奥《さいおう》が、ジンジンと痺れてくる。

まだ触れられてもいないのに。

「倒れないで、そのまま座っていて」

背を支えていた手が離れ、シルヴィオはベッドから下りると私の真正面に立った。

見下ろされ、恥ずかしくて胸を隠そうとした手を掴まれる。

「そのままで」

「……恥ずかしいわ」

「綺麗だよ」

「でも……」

屈《かが》み込んできた彼の唇がツンと立った私の胸の先に触れる。

「……アッ！」

弾《はじ》けるような感覚が、そこからパッと広がった。

身体を丸めようとしても、そこに彼がいるから上手くできない。

それどころか、彼は私の両手を捕らえたまま跪き、胸を吸い始めた。

「あ……、あっ。いや……っ」

後ろへ倒れられるわけなどない、手が私を捕らえているのだから。

口に含まれ、吸い上げられ、舌で転がされる。

離れたかと思うと、ペロリと舐めあげる。

「ひ……っ」

その度に、私は声を上げ、身体を逸らせようとして失敗した。

身体が熱い。

疼《うず》くように、全身の神経がむずむずする。

「シル……ヴィオ……」

震える声で名を呼ぶと、彼はやっと顔を離してくれた。

「手も、放して……？」

お願いすると、すぐに自由にしてくれた。

留めるものがなくなったので、ふらりと仰向けにベッドへ倒れ込む。

身体の熱は、彼を求めている証拠だわ。

一度知ってしまった快楽を、身体が忘れていないのだ。

愛する人がくれた快感。でもまだそれが充分に与えられていないから、はしたなくも
『もっと』と身体が声を上げている。

「あ……ッ！　何っ？」

中途半端な快感に揺蕩っていたのに、思わず跳び起きてしまう。

だって、彼が私のドレスのスカートの中に手を入れたのだもの。

靴を脱がせ、足先に口づけして、裾からするりと手を上らせてゆく。

スカートを捲《めく》ろうとしたから、思わず上から押さえてしまった。

「恥ずかしい？」

「……見られているのを……見るのが恥ずかしくて……」

「なるほど。では見えないようにしよう」

「……え？」

言うが早いか、彼はスカートの裾を持ち上げ、その中に頭を入れた。

「シルヴィオ、だめッ！」

脚を開かされ、内股に手が這う。

「あっ、そこは……っ」

そして指ではないものが、私の秘部に触れた。

柔らかくて熱い、……舌？

「いや……っ。だめ……。ああ……っ」

愛撫されることを見てしまうのも恥ずかしかったが、見えないままされるのも恥ずかしい。

いいえ、恥ずかしいのではなく、感じているのだわ。

スカートの中で彼が『していること』を想像して。

舌が時に硬く、時に軟らかく、そこを責める。

胸を触られているだけで溢れていた露を舌が掬《すく》いとっている。

私がもう脚を閉じないと思ったのか、自分の身体がそれを遮ると思ったのか、内股を押さえていた手が舌と共にそこを苛《さいな》む。

「あ……っ。あぁ……」

先の突起が舌で弄ばれている。

それだけでもジンジンするのに、指が私の中に差し込まれ、淫靡《いんび》に動きだす。

「や……。いや……っ。こんな……」

身悶え、声を上げ、彼に向かって手を伸ばす。

でも手は届かなくて、闇雲《やみくも》に彷徨うだけだった。

「お願い……、もう……っ！」

悲鳴に近い声を上げると、ようやく彼がまた視界に戻ってきた。

「前は……、こんなことはしなかったわ……」

「ああ、そうだな」

思いだしているという答え。

「あの時の私は、君に縋っていた。助けを求めるように甘えていた。世界でただ独り、君だけが、私が何者であっても愛してくれる人なのだと。何も思いだせなくても、君は気にしない。王の弟として立派であれ、とは言わない」

声のトーンが少し下がる。

「君を抱いた、というより君に抱き着いた、という感じだった」

「全部……、思いだしたの？」

「多分、ね」

答えたのは、男の人の顔だった。

優しさも穏やかさもない。

こわいくらい『男の人』。

私のその感覚は、間違っていないのだろう。

「今日は違う。私を愛し続けてくれていた君が愛しくて堪らない。君を悦ばせたい。男として、愛する者を貪《むさぼ》り尽くしたい」

言いながら、彼は自分の服を脱ぎ始めた。

現れる逞《たくま》しい身体。

また、視覚に身体が反応する。

彼の裸体に、胸が高なる。

シルヴィオもベッドに乗り、私のドレスを完全に脱がした。

「あ」

アンダードレスも、何もかも脱がされて、互いに一糸纏わぬ姿になる。

「愛している。もしもう一度私が記憶を失って、君を忘れても、君が不安にならないようにしよう」

「……どうやって？」

「結婚するんだ。すぐに」

「……本当？」

「約束の指輪を渡しただろう？」

「あれは……、陛下にお返ししたわ。誓いが果たされなかったから、私には持っている資格がないと思って……」

大きな身体が、私の上に覆いかぶさる。

「すまなかった」

肌と肌が直接触れあう。

彼の重みでベッドが沈み込む。

広がった、私の長い髪の間に手をついて、彼が上から覗き込む。

「今度は、王家の紋章のついた指輪を贈ろう。約束通り、君の父上に使者を送り、結婚を申し込む」

軽いキス。

「公式に婚約を発表し、二人で皆の前に立とう」

キスした唇が肌を滑ってゆく。

「そしてすぐに結婚式だ」

手も、全身に散ってゆく。

「嬉しい……」
快感の花が全身に咲き誇る。
彼の触れたところでは、泡が弾けてゆく。
充分に愛撫された身体は、もう何をされても気持ちいいとしか思えなかった。
胸に触れられても、腰を撫でられても、肩を食《は》まれても。
ゾクゾクとした感覚に包まれる。
彼を迎え入れる場所は既に濡れていて、伸びてきた彼の指を濡らした。
露を纏った指がもう一度そこを解す。
入り口で蠢《うごめ》く感触に脚が閉じてしまうが、指の動きを止めることはできなかった。
「ん……」
私の反応を楽しむように愛撫を続けていた手が、身体から離れてゆく。
視線を向けると、目が合って、彼が笑った。
何も言わず、彼は私を抱き締め、脚の間に身体を起こした。
もう、彼が何を望んでいるのか、わかっていた。
熱いシルヴィオの身体に抱き着いて、その時を待つ。
「う……」
私を優しく蕩けさせた、指でも舌でもないモノが当たる。

押し付けられ、肉が開く。

求めていた証しのように、溢れた露がソレを包み、奥へと誘う。

「あ……っ」

最初はゆっくり、抵抗を確かめながら。何度も押し進んでくる。

「……ック」

どうして、そこを塞がれると息ができなくなるのかしら？

苦しくて彼を見上げると、シルヴィオは見たことのない顔をしていた。

怒っているわけではないけれど、険しく、苦しそうな表情。それでいて、どこか獰猛《どうもう》な匂《にお》いがして、今までぐにゃぐにゃに溶けていた身体が硬くなる。

繋がっている場所にも力が入り、それと知られてしまった。

「どうした？」

「こわい顔をしてるから……」

「こわい？」

「知らない人のよう……、あッ！」

そのまま彼が笑ったので、入り口に留まっていた彼の一部も震えた。

「ああ、悪い。だがこれからはこれが私だ。こわくても、我慢してくれ。こちらの私は嫌いだと言っても、もう逃がしてやれないから」

返事をする前に、彼が強く身体を進めた。

「ああ……っ！」

異物が押し込まれる感覚だけでなく、入り込んだその奥で、彼が私を追い詰める。

突かれる度に、露が溢れだす。

「あぁ……、あ……。……ン」

翻弄《ほんろう》されている私の唇を塞いでまたキスされる。

けれど今度はすぐに離れて、息苦しくて開いた私の口の中の舌だけを舐めた。

拒むためには口を閉じなければならない。でも息が苦しいから口を閉じることはできない。

「は……ぁ……。ん……」

舌先と舌先が、触れあって、濡れあって、舐めあう。

私……。

このこわい顔も嫌いじゃないわ。

とても真剣で、男らしくて、ドキドキしてしまうくらい。

優しいあなたをとても好きだけれど、私の前で『男』になってくれることが、嬉しいと感じている。

そう伝えたかったのに、もう何も言えなかった。

「あ、あ、ぁ」

何度も突き上げられて、奥へ奥へと彼が進む。

最奥まで入るとわずかにひいて、また突き上げてくる。

「ひ……っ、あ……」

手は貪るように身体を掴み、揉み、這い回る。

もう、ぐちゃぐちゃだった。

頭の中も、二人の身体の境目も。

私は彼を抱き締めたかしら？

苦しくて爪《つめ》を立ててしまったのは、何にだったのだろう。

「シルヴィオ……、シルヴィオ……」

彼が、その熱を放つまで、私はずっと彼の名前を呼び続けた。

愛する人の名前だけを。

「あぁ……っ！」


その日のうちに、陛下は西棟に集められていた女性たちに、婚約者が決定したことを伝えた。

演奏会は、お別れの贈り物になってしまった。

私がその席にいなかったので、皆は私が選ばれたのだろうと思ったらしい。

私の家柄を考えれば不満が出るはずもなく、数日のうちに全員が退去することになった。

数日、というのは落胆しているであろう彼女たちに猶予を与えたからだ。

シルヴィオを取り戻した後、私も西棟へ戻ると言った。

けれどシルヴィオがそれを許してくれなかった。

「君はもう私の婚約者だ。こちらの本棟に部屋を用意するから移っておいで」

「まだ正式な発表もしていないのに？」

「それをもって、正式な発表とすればいい。アーニャ殿にも兄上が部屋を用意する」

彼の、アーニャさんの呼び方が変わった。

今まで呼び捨てだったのに、敬称を付けている。

彼が、本当に彼女を認めてくれた証しのようで嬉しかった。

「アーニャさんはとてもよい方よ」

と私が言うと、彼はそれを否定はしなかった。

「君には怒られるだろうが、男爵令嬢では兄上の益にはならないと思ったのだ。エチエンヌ殿の実家は君の家にも劣らぬ有力貴族で、兄上が王位を継承する時の後ろ盾にもなってくれた。エチエンヌ殿が亡くなられたからと言って、彼女のコンパニオンがその後釜《あとがま》に座れば、きっとあちらの機嫌を損ねるだろうとも思った」

「王城で育った『シルヴィオ』は、そういうことを考えるのね。私の身分は関係ないと言っていたのに」

「私の妻は身分がない方がいい」

「それはお兄様に気を遣って？」

彼は不承不承頷いた。

「ここで再会してからも、正直君には惹かれていたと思う。だがグレンディン侯爵家は力がありすぎる。しかも君は兄上の婚約者候補だ。絶対に愛してはいけない女性だった」

陛下の想像は当たっていたのね。

「だが、兄上に言われて目が覚めたよ。私は兄上を心配するあまり、その力を見くびっていたのだと。たとえ有力貴族ではない女性を妻にしても、兄上はこの国の王であることに変わりはない」

「そのことについてだけど、私に一つ提案があるの」

私はシルヴィオに、アーニャさんにも話した養女という方法のことを説明した。

エチエンヌ様を失い、王家との繋がりを絶たれたあちらのお家は、歓迎するのではないかしら、と。

その案には、彼も賛成してくれた。

「いい案だ。それなら、釣りあいがとれる」

「まあ、まだそんなことを?」

「君とアーニャ殿の釣りあいだ。兄上とのことはもう言わないと誓おう」

本棟にお部屋をいただいてから、私はお姉様に手紙を書いた。

シルヴィオは本物の王弟殿下であったこと。

いろいろな事情があったけれど、今は心を通じあわせることができて、近々お父様に正式にお使者が結婚の申し込みをしに行くだろう。でも、それまではお姉様と私だけの秘密にしておいて欲しい、と。

返事はすぐに届き、私を驚かせた。

『昨晩、王宮からの使者がきて、お父様がびっくりなさっていたわ。陛下の婚約者候補として出したのに、王弟殿下の花嫁になるのだから』

シルヴィオの、『すぐに結婚しよう』は嘘ではなかったのだ。

もう一つ、彼が約束を守ってくれたことがあった。

私の指に、王家の紋章の入った指輪を嵌めてくれたことだ。

「婚約発表はまだだが、私の指輪を直したものだ。急いでいたので、しばらくこれで我慢をしてくれ」

小さな、青い宝石がついた王家の紋であるグリフォンが彫られた、男の人らしい指輪。

私の指には、少し大振りなデザインだったけれど、サイズはぴったりだった。

ちなみに、アーニャさんは用意されていた指輪をいただいたらしい。

嬉しいことに、彼女の部屋は私の部屋の隣だった。

そして……。

今夜、私たちはそれぞれ正式な婚約者として公式の席に出る。

アーニャさんはエチエンヌ様のご実家の養女となり、侯爵令嬢として陛下の婚約者に。

私はシルヴィオの婚約者として。

夢に見た私たちの幸福な未来は、今日、現実になるのだ。

美しく着飾った私たちの前に、愛しい人が迎えに現れる。

陛下は白い礼服、シルヴィオは青い礼服。

それがお二人の決まりらしい。

「とても綺麗だ」

ドレスアップした私を見て、シルヴィオは目を細めてくれた。

「やはり早いうちに自分のものにしておいてよかった。あそこで出会わなかったら、他の男のものになっていたかもしれない」

「私も、あの時あなたに会えてよかったわ。他の女性の手をとるあなたを見なくて済むのだもの」

何も知らず出会って。

ただお互いに惹かれあった。

不幸な事故に苦しんだけれど、それも皆過ぎたこと。

今はそう思える。

あなたの目が私を映してくれるから。

「これからは、私の知らないあなたのことをもっと知りたいわ」

「君が知らない私？」

「恐いあなた、よ」

「記憶を失っている時の方がよかったなんて言わないでおくれ」

不満げに言う彼に、私は笑った。

「あれは私だけが知っているあなた。きっと本質は陛下とよく似てらっしゃるのだわ。シルヴィオの方が少し子供っぽいかもしれないけれど」

「言ってくれる」

差しだされる腕に手を重ねる。

背後では、緊張しているアーニャさんに陛下がお言葉をかけている。

目の前にはあの絢爛豪華《けんらんごうか》な大広間へ続く扉。

時間がきて、扉が開くと、音楽が流れ込み大きな声が私たちの入場を告げた。

「シルヴィオ王弟殿下、並びにご婚約者ティアーナ様、ご出座！」

私は振り向いて、アーニャさんにそっと囁いた。

「私の手の中にも、幸せがあったわ」

とても大きな幸せが。

アーニャさんは、緊張して強ばっていた顔に笑みを浮かべてくれた。

陛下方に先んじて大広間に姿を見せた私たちに視線が集まる。

「ライアス国王陛下、並びに婚約者のアーニャ様、ご出座！」

続くお二人にも。

そして、その場にいる人々すべてが、私たち四人に祝福の拍手を送ってくれた。

「明日結婚式でもいいくらいだ」

というシルヴィオの囁きを呑み込んで。